小学館文庫

脱藩さむらい

金子成人

小学館

目次

脱藩さむらい

第一話　藩命

一

石見国《いわみのくに》、浜岡《はまおか》は、花の季節を迎えようとしていた。

浜岡城下の南部を東西に延びる山並みにひと月ばかり残雪が見えていたが、今はもうすっかり消えている。

組屋敷の木戸を出た香坂又十郎《こうさかまたじゅうろう》は、家の前の坂道に立つと、ためしにふうと息を吐いてみたが、白くなるほどではなかった。

あと数日で三月という時節だが、日の出前の冷気が首筋を刺した。

「ご城下は霞《かす》んでいますね」

又十郎の背後で、万寿栄《ますえ》の声がした。

「ひところにくらべたら、だいぶ春めいたということでしょうか」

「そういうことだな」

又十郎は、片扉の木戸口に立って城下に眼《め》を向けていた妻に笑みを向けた。

香坂家は緩やかな坂道の途中にあった。

坂道から城下の家並みが望めるのだが、今朝は薄い靄《もや》に霞んでいた。

日の出まで、あと四半刻《しはんとき》（約三十分）という頃合いである。

天保《てんぽう》六年（一八三五年）に年が替わったばかりの今年一月、浜岡に大雪が降った。

商用から戻った商人の話によれば、同じ頃、石見の東隣りの出雲国《いずものくに》やその東の伯耆《ほうきの》国《くに》でもかなりの積雪があったという。

北方からの寒気が、日本海に面した石見の近隣に数年ぶりの大雪をもたらしたようだ。

「香坂殿、おはようござる」

道に足を止めて声を掛けてきたのは、坂の上に住まう足軽頭《あしがるがしら》だった。

「おはようござる」

又十郎が返答をすると、万寿栄が横で頭を下げた。

四十を過ぎた足軽頭は一礼し、緩やかな坂道をのんびりと下って行った。

「又十郎様、今朝はどの道をお行きですか」

弁当の包みを手渡しながら、万寿栄が悪戯《いたずら》っぽい笑みを向けた。

出仕する又十郎が、普段、二通りの道を使い分けて奉行所に行くことを万寿栄は知っていた。

「そうだな。ま、道を下ったときのことだ。では、行って参る」

「行ってらっしゃいまし」

万寿栄の声を背に受けて、又十郎は坂下へと歩み出した。

緩やかな坂は、屋敷から一町（約百九メートル）足らずのところで平地となる。

又十郎の左手が、紺屋町《こうやまち》、新町《しんまち》という大小の商家や職人の家が軒を並べる浜岡の商業の中心地である。早朝にもかかわらず、奉公人たちが忙しく立ち働き、荷車を曳《ひ》く音や駄馬のいななきが通りに響いていた。

さて、どの道を行くか——腹の中で軽く呟《つぶや》いた又十郎が、三叉路《さんさろ》で足を止めた。

三叉路を左に曲がって紺屋町を通り、浜岡城近くの浜岡大橋《はまおかおおはし》を北へ渡れば奉行所の門前へと至る。だが、三叉路をそのまま進み、浜岡川に架かる螢橋《ほたるばし》を渡って、田町《たまち》の辻《つじ》を左へ曲がる行き方もあった。

行く道を決めるのに、特段、厳密な基準があるわけではない。紺屋町などのある活気に満ちた商業地を行くか、その日の気分次第だった。浜岡川の北側の武家地を行くかの違いだけで、又十郎のその日の気分次第《さ》だった。

突然、又十郎の背後から朝日が射した。日の光が、城下の西方の小高い城山《しろやま》を真っ先に照らした。

城山の樹間には二の丸や本丸の塀の白壁が幾重にも見え、所々に大小の櫓《やぐら》、頂きに聳《そび》える天守閣が輝いていた。

浜岡藩は五万二千石の山陰の小藩である。

初代の安藤《あんどう》氏のあと、池田《いけだ》氏の藩主時代が百年ほど続いたが、六十年ほど前の安永《あんえい》三年（一七七四年）、上州《じょうしゅう》から松平照政《まつだいらてるまさ》が移封《いほう》となって浜岡の城主となった。

当代の藩主は、照政の孫にあたる松平周防守忠熙《すおうのかみただひろ》で、二年前から、幕府の老中職に就いていた。小藩ながら、徳川《とくがわ》家の親戚筋にあたる、いわゆるご家門ゆえの栄達だろうという噂《うわさ》が、当時の浜岡藩内で囁《ささや》かれたという。

よし、と小さく呟いた又十郎は、三叉路をまっすぐ、川の方に足を向けた。

浜岡川の河口付近は半町（約五十五メートル）以上の川幅になるのだが、螢橋は川幅十間《じっけん》（約十八メートル）ほどの上流に架かる橋だった。

橋を渡ると間もなく、東から西へと延びる山陰道が交叉する田町の辻《つじ》がある。

又十郎はいつも通り、田町の辻を左へと曲がった。

山陰道は武家地の中心を貫き、城の大手門辺りで一《いち》の橋《はし》とも呼ばれる浜岡大橋を南に渡り、商業や水運、漁業で賑《にぎ》わう浜岡浦を経て西の木戸に至り、やがては津和野《つわの》領へと通じている。

城へ向かう通りに、出仕する藩士の姿が増えて来た。

「香坂様、おはようございます」

小路から出て来た二十前の青年が足を止めて一礼すると、足早に城へと向かった。

又十郎が師範代を務める田宮神剣流《たみやしんけんりゅう》、鏑木《かぶらぎ》道場の門人の一人だった。

山陰道と大橋通がぶつかる外堀の三叉路に差し掛かった又十郎は、道を左に折れた。

出仕する家臣のほとんどは大手門から城内に入るのだが、奉行所は、浜岡大橋の北《きた》詰《づめ》に近い城外にあった。

町方の治安や犯罪に関《かか》わることがもっぱらの奉行所は、いつでも訴え出られる城外にある方が、町人にとっては都合がよかった。

「おはようございます」

奉行所の門前を掃《は》いていた下男《げなん》の八助《はちすけ》が、手を止めて首《こうべ》を垂れた。

「おはよう」

八助に声を掛けて、又十郎は門を潜《くぐ》った。

奉行所の庭に、高く昇った朝日が射していた。

庭に面した廊下の障子が開いているため、広さ八畳の同心溜《どうしんだま》りは外の照り返しで、結構明るい。

文机《ふづくえ》に置いた書付を読むにも支障はなかった。

「香坂様」

又十郎が書付から顔を上げると、目の前に同心の佐山源之丞《さやまげんのじょう》が座り込んだ。

「わたしはこれにて帰らせていただきます」

そういうと、綴《と》じ込みになった宿直日誌を又十郎に差し出した。

「昨夜は駆け込みの訴えもなく、何ということもございませんでした」

「宿直、ご苦労であった」

又十郎が、日誌を受け取った。

「では」

辞儀をした佐山は、刀掛けから刀を摑《つか》むと、出仕していた三人の朋輩《ほうばい》たちに辞去の挨拶をしながら、そそくさと部屋を出て行った。

「さてと」

書付に目を通していた同心の植松健吾《うえまつけんご》が、

「それがし、市中見回りに参ります」

又十郎に声を掛けると、文机に両手を突いて立ち上がった。

「健吾殿はどのあたりを歩くおつもりかな」

四十に近い同心、土田《つちだ》藤吉《とうきち》が植松を振り向いた。

「そうですね。山陰道の東の木戸へ行って引き返し、寺町《てらまち》から月《つき》の浦《うら》へ回ろうかと思います」

土田より十ほども年下の植松が、丁寧に返答した。

「ならば、わたしは新町から浜岡浦へ出て、港の様子を見て参ろう。よろしいかな、お頭《かしら》」

土田が、又十郎に体を向けた。

「見回り、よしなに頼みます。ですが土田さん、以前も申しましたが、お頭と呼ぶのはやめていただきたいのですが」

「何を遠慮なされる。同心頭《どうしんがしら》という役職なれば、われらがお頭と称してなんの不都合がありましょうや」

律儀な土田が、軽く口を尖《とが》らせた。

「香坂様は、年上の土田さんにお頭と呼ばれることが面映《おもは》ゆいと、こう仰《おっ》しゃっているのですよ」

「しかしなぁ」

植松の言に、土田は不満げに首を傾《かし》げた。

「わたしは先に出かけますよ」

笑いながら書付を書棚に戻した植松が、土田をせかすように刀掛けの刀を摑んだ。

「まぁ、待て」

土田は急ぎ刀を摑むと、植松を追って溜りから飛び出した。

見送った又十郎の口から、ふっと小さく笑い声が洩《も》れた。

植松が口にした面映ゆいという言葉は、又十郎の心中を言い当てていた。

又十郎は今年三十である。

配下とはいえ、四十に近い同心にお頭と呼ばれると、臍《へそ》のあたりがむず痒《がゆ》くて仕方がない。

溜りに一人残っていた同心、斉木伸太郎《さいきしんたろう》に、又十郎が笑いを含んだ声を掛けた。

「急に静かになったな」

「は」

斉木は畏《かし》こまって、背筋を伸ばした上体を又十郎の方に軽く傾けた。

隠居した父親の跡を継いだ斉木は、昨秋、二十で奉行所に出仕したばかりだった。

奉行所の務めは、市中の警護、犯罪の取締り、科人《とがにん》の取り調べ、拘置、刑の執行と多岐に亘《わた》る。従って、所内には奉行、吟味方《ぎんみがた》、書役《かきやく》、牢番《ろうばん》など、諸役の部屋があった。奉行所の西側には、塀を境にして牢屋敷が隣接していた。

又十郎は、市中警護、犯罪の取締りや犯人の逮捕に奔走する町廻《まちまわ》りの同心頭である。同心の数は七人、同心頭二人というのが町廻り同心溜りの定員だが、交代で休みを取るため、普段出仕する同心は、三人または四人であった。

従って、板の間に並ぶ同心の文机は四台もあればこと足りた。

同心頭も同心も三日勤めて二日の休みだから、全員が溜りに集まるというのは、よほどの大事件が起きない限り、ない。

又十郎は、配下の同心とは順繰りに顔を合わせられるが、もう一人の同心頭、寺尾《てらお》弥次兵衛《やじべえ》とは緊急の会合の時以外、奉行所で会う機会はほとんどなかった。

「失礼します」

内廊下から声が掛かると同時に、板戸が開き、

「本日刑に処せられる者のお調べ書をお持ちしました」

吟味方の顔なじみの役人が、廊下に片膝を立てたまま頭を下げた。

「わたしが」

斉木が廊下近くに進んで書付を受け取ると、役人は外から戸を閉めて立ち去った。

「ん」

斉木が差し出した書付を手にした又十郎が、表紙をめくった。

欣太《きんた》――一枚目の冒頭に記されていたのは、打ち首の刑と決まった刑人《けいじん》の名である。

刑人の首を刎《は》ねるのは二人の同心頭の役目であったが、執行当日、出仕している方がその任に当たることになっていた。

「首を刎ねられる者の名も、その素性《すじょう》も、詳しく知ることはない。役目柄、粛々《しゅくしゅく》と罪人の首を落とす。おれの務めはそれだけだ」

もう一人の同心頭、寺尾弥次兵衛は日ごろからそう公言していた。

だが、又十郎は、刑人の名はもちろん、罪状も氏素性も己の腹の中に収めて首を刎ねてやることに決めていた。それが、人の命を絶つ者の礼儀のような気がする。

同心頭に任ぜられた二年前から、刑人の身上書を取り寄せて、眼を通すのが又十郎の習慣になっていた。

「香坂様にお願いがございます」

斉木の遠慮がちな声がした。

読み終えた書付から眼を上げると、

「本日執り行われる打ち首の場に、それがしが立ち会うことは叶《かな》わぬものでしょうか」

両手を膝に揃《そろ》えた斉木が、思いつめた顔を又十郎に向けていた。

「打ち首を見たいのか」

「はい。いえ、その、町廻りの同心となったからには、命のやり取りの場に遭遇することもあるかと存じます。そのような事態に立ち至った時、同心たる者、沈着であらねばなりません。平常心を保つためにも、日ごろから人の生死の際《きわ》を見るのも大事であると」

一気に喋《しゃべ》った斉木が息を切らして、後の言葉を飲み込んだ。

「四郎左衛門《しろうざえもん》殿がそう申されたのであろう」

又十郎が、昨年まで奉行所の書役勤めをしていた斉木の父親の名を口にした。

「は。香坂様のような剣の達人になれぬのなら、せめて胆力《たんりょく》を備えよと、そう申しておりました」

斉木は素直に頭を下げた。

又十郎は、思わず笑みを洩らした。

「吟味役の大高《おおたか》様の許しを得ねばならんが」

「なにとぞ、よしなにお願い申し上げます」

斉木が両手を床に突いた。

「刑場への立ち会いが許された時のために、刑人の名や罪状など、その方も承知の上で刑場に赴いてもらうぞ」

又十郎が、刑人、欣太に関する書付を斉木に差し出した。

恭《うやうや》しく受け取った斉木は、引き締まった顔つきで読み始めた。

事件は、半月ほど前のことであった。

捕縛、取り調べは、当番日だった寺尾弥次兵衛が担当となったため、事件についてはは大まかにしか耳にしていなかった。

欣太は、上方の廻船《かいせん》問屋所有の北前船《きたまえぶね》の水主《かこ》であった。

蝦夷地《えぞち》、松前《まつまえ》から日本海沿いを西回りで上方に向かう途中、商用と水の補給のために寄港した浜岡浦の居酒屋で、仲間の水主としたたかに酒を飲んだ。

酔った欣太は、居合わせた土地の人足たちと口論の末に揉《も》み合い、相手の人足一人を撲殺。居酒屋を飛び出して逃げ回った末、今井町《いまいまち》の妓楼《ぎろう》に飛び込んだが、客や女たちに騒ぎ立てられて慌てふためき、遂には自棄《やけ》を起こして客間の行灯《あんどん》を蹴倒した。

撲殺だけであったら死罪は免れたのかもしれないが、調べに当たった吟味役に、行灯を蹴り倒した行為が火付けに相当すると断じられ、斬首と決したのだった。

斬首の刑は、通常、牢屋敷内の裏門近くの庭で執り行われる。

欣太の斬首は、四つ半（十一時頃）と知らされていた。

又十郎は、同心溜りの納戸に置いていた刀を手にすると、斉木を伴って奉行所に隣接する牢屋敷への小門を潜った。

手にした刀は、普段腰に差しているものより二十匁《もんめ》（約七十五グラム）ばかり重い、斬首にのみ用いる一振りである。

刑場となる庭は、北と西側に白壁の塀がめぐらされており、十坪ほどの広さだった。

庭の東側には屋根と柱だけの小屋があり、その中に吟味方が二人、検視の者が二人、待機していた。北側の塀際に血溜りとして方形に掘られた穴の近くには、三人の小者が片膝を突いていた。

斉木を西側の塀近くに控えさせた又十郎は、穴の近くで片膝を突いた。

刑場は静まり返り、咳《しわぶき》一つない。

西側の塀の外では、浜岡川がさらさらと、長閑《のどか》に水音を立てていた。

供二人を従えた吟味役与力《よりき》、検視与力が小屋の内に着座すると間もなく、半紙で目隠しをされた刑人、欣太が、牢番二人に両脇を固められて庭に引き出され、又十郎の目の前の土壇場に、膝をそろえて座らされた。

「刻限にござる」

小屋の内から、吟味方の一人が抑揚のない声を発した。

頷《うなず》いて立ち上がった又十郎が、手にしていた刀を腰帯に差すと、おもむろに白刃を引き抜いた。

牢番二人に背後から上体を押されると、正座していた欣太の首が、亀のように穴の方へと伸びた。

又十郎が白刃をゆっくりと右肩の上へと引き上げた。

刑人の首は定まったが、気合が満ちなければ落とせない。

罪人と言えども、痛みを覚える間もなく一刀のもとに首を落としてやるのが、打ち首役としての信条《しんじょう》だった。

欣太の首を見据えた又十郎の耳から、ふうっと川の音が消えた。

気合が満ちたその瞬間、

「とおっ！」

裂帛《れっぱく》の気合と共に、又十郎が刀を振り下ろした。

二

又十郎が同心溜りを辞去したのは、七つ（四時頃）を四半刻ばかり過ぎた時刻だった。

奉行所門前の辺りには夕日が射していたが、北側に広がる武家地は日暮れたように翳《かげ》っていた。西日が小高い城山に早く隠れるため、内堀辺りから北方の月の浦に至る一帯は日の翳る時刻が、一年を通して他所《よそ》よりも早かった。

「香坂様」

背後からの声に又十郎が振り向くと、門を抜け、八助が小走りに駆け寄ってきた。

「お手のものは、研ぎにお出しになる刀ではございませんか」

八助が、太刀を収めた布袋を携えた又十郎の左手に目を遣《や》った。

「わたしが『研《と》ぎ雅《まさ》』にお届けに参りましょうか」

「いや。帰る途中、おれが立ち寄るよ」

又十郎は八助に笑みを向けた。

刑人の首を刎ねたばかりの刀は、八助に頼んで研ぎに出すのが常だが、刑場での務めを果たした直後から思わぬ些事《さじ》が重なってしまい、同心溜りに置きっ放しにしてしまった。

「ではな」

八助に声を掛けて、又十郎は浜岡大橋へと足を向けた。

刀研ぎの『研ぎ雅』は、橋を渡った先の新町を右に曲がった片貝町《かたがいまち》にある。

普段腰に差す刀を研ぎに出すことはほとんどないが、斬首に用いた刀は少なからず刃こぼれを起こし、脂にまみれるので研ぎに出さなければならない。

打ち首役を務めると支給される一分（約二万五千円）は、『研ぎ料』という名目だった。

又十郎は『研ぎ雅』に刀を預けると、屋敷への帰路に就《つ》いた。

同心頭になって二年の間に、又十郎は五人の罪人の首を刎ねた。

浜岡には諸国の船が出入りしていたから、船乗り同士の諍《いさか》いも頻発したが、入牢《にゅうろう》、敲《たた》き、追放の刑がほとんどで、斬首の刑は滅多になかった。

又十郎は、首を打つ同心頭の役目に後ろめたさを感じたことは微塵《みじん》もない。

だからと言って、役目を務めた晴れがましさというものもない。

ずしりと重いものを抱え込んだ疲労感が、二、三日、両肩に張り付くのが常だった。

又十郎の前任の同心頭は、何度か打ち首役を務めた末に心身に変調を来《きた》して、職を辞したと聞いている。


夕暮れの迫る紺屋町の通りは、お店《たな》に戻る奉公人や空の籠《かご》を担いだ棒手振《ぼてふ》り、大工などの出職《でしょく》の者などが忙しく行《い》き交《か》っていた。

又十郎は、螢橋へと通じる三叉路に差し掛かった。

右へ進めば、組屋敷のある峰《みね》の坂《さか》である。

本来なら浜岡川の北側の武家地に在って然《しか》るべきなのだが、香坂家は峰の坂の組屋敷暮らしだった。

そのいきさつは、三代前の藩主、照政が、上州から浜岡に移封となったおよそ六十年前に遡《さかのぼ》る。

移封の際、照政には代々仕えた重臣数名とその家族、家来が付き従って来ることになった。

迎える浜岡側は、急ぎ重臣たちの住居を城に近い武家地に定めたのだが、もともと暮らしていた家臣たちが住まいを失う羽目となった。そこで、峰の坂の空き地に急きょ組屋敷を建てて、百石以下の下級藩士二十名余りを移り住まわせたのだと聞いていた。

又十郎は、緩やかな坂を上りはじめた。

日はすでに海の向こうに沈み、西の空は残照に染まっていた。

香坂家の木戸を潜った又十郎の鼻に、ふっと香《こう》が匂った。

「お帰りなさいませ」

玄関の戸を開けると、上がり口に座っていた万寿栄が出迎え、

「お務め、ご苦労様でございました」

と、手を突いた。

家の中には香の匂いが満ちていた。

『夕刻、香を焚《た》いておくように』

今朝、屋敷を出る際、又十郎は万寿栄にそう告げていた。

同心頭を仰せつかった又十郎が初めて打ち首役を務めた二年前の朝、帰宅する時刻に香を焚いておくよう万寿栄に言い置いたことが、香坂家の慣例となった。

『香を焚く日』は、又十郎が斬首の刀を振るうのだということを、万寿栄は心得たのだ。

己の手で首を落とした死者の祟《たた》りを恐れたからではない。

公然と野辺送《のべおく》りの出来ない罪人のために、せめて香の一つも手向けようというのが又十郎の思いだった。


まだ明るみの残る風呂場に、湯気がたちこめていた。

湯に浸《つ》かっていた又十郎は、打ち首の場に立ち会った斉木の様子を思い出して、ふっと苦笑いを浮かべた。

首が地に落ちた後、両足をうまく動かせず、なかなか立ち上がれなかった斉木は、牢屋敷を出た途端、激しく嘔吐《おうと》した。

十年近く前、初めて打ち首を見た又十郎も、斉木と同じような経験をしたことを思い出していた。

ばしゃっと、又十郎は両手にすくった湯を顔に浴びせた。

香坂家で湯を沸かすのは、二日か三日に一度くらいのものだ。

だが、又十郎が打ち首を務めた日は必ず屋敷の風呂は焚かれた。

香を焚くように頼んだのは又十郎だが、風呂を沸かしたのは万寿栄の気遣いだった。湯に入って穢《けが》れを落とすようにということか――初手《しょて》はそんな風に思っていたのだが、

『違うな』

と、二度目の首切りの日に気づいた。

罪人の首を切るのは同心頭たる又十郎の務めだと心得ていたし、恐ろしいとか穢れだとか、万寿栄がそのような忌まわしい感情を抱くはずはなかった。

湯に浸かっていると、体の芯《しん》がふっとほぐれたことに気付いた。

これなのだ――腹の中でつぶやいた又十郎の口から、ふふっと笑みがこぼれた。

お務めとして当然だと割り切っていた又十郎だが、心も体も知らず知らず緊張に縛られていた。

そんな夫の心身をほぐすために、万寿栄は風呂を用意したのだと、その日、又十郎は得心した。

口には出さなかったが、そんな万寿栄の気遣いには感謝している。

打ち首のある日だからといって顔をしかめることもなく、務めを果たして帰ってき

ても大げさに出迎えることもなく、いつもと変わらず淡々としていてくれるのが又十郎にはありがたかった。
普段は『お帰りなさいまし』とだけ口にする万寿栄が、『お務め、ご苦労様でございました』
打ち首を務めた日だけは、そう言い添えてくれるのが、又十郎には充分過ぎるねぎらいだった。
又十郎はもう一度、顔に湯を浴びせ掛けた。

浜岡藩は海に恵まれた土地である。

大海が目の前にあるというだけではなく、海岸線の地形が藩の財政に大きな恩恵をもたらしていた。

いくつもの岬と入り江、それに大小の島々が複雑な海岸線を作り出していたおかげで、城下の西方には浜岡浦、北側には月の浦という天然の良港を得たうえに、近海に格好の漁場がいくつもあった。

蝦夷と上方を行き来する北前船には格好の寄港地であり、避難港の役割を果たしていた。

多くの船が立ち寄ることで様々な商いが興り、商家が増えて人の行き来が盛んになった。それにつれて、領内の多くの商売が活気づいたのだ。

「又十郎様、今日はどのあたりに錨《いかり》を下ろしますかねぇ」

櫓《ろ》を漕いでいた勘吉《かんきち》の声が、艫《とも》の方からした。

舳先《へさき》に腰を下ろしていた又十郎が、日よけの菅笠《すげがさ》を少し上げて、朝日が昇って間もない月の浦の海上を見回した。

「とりあえず、外海に出てみようか」

「へい」

勘吉の返事を聞いていたかのように、頭上で鷗《かもめ》が鳴いた。

七つ、八つの時分から、父親の船に乗って漁を覚えたという漁師《りようし》の勘吉を、又十郎は釣りの師と仰いでいた。

又十郎が、船を仕立てて釣りに出るのは数か月ぶりのことだった。

浜岡川の河口付近や岬の岩場で釣り糸を垂らしてはいたが、冬場から初春の船釣りは北風が強く、いつも敬遠していた。

『明日は非番ゆえ、釣りに出たいがどうか』

昨日、奉行所の下男、八助に用件を託して行かせると、勘吉から『承知』の返事があった。

又十郎はこの朝、日の出前に峰の坂の屋敷を出て、浜岡川が月の浦に注ぎ込む河口に住む勘吉の家へと手ぶらでやって来た。日ごろから、釣《つ》り竿《ざお》などは勘吉の家に預けてあるから気ままだった。

欣太の打ち首を務めてから二日が経《た》った朝である。

浜岡川の河口の東側は城山だが、対岸の豊浦《とようら》は漁師が多く住む村落で、又十郎は十代の頃から、五つ年上の勘吉の家に出入りしていたから、外海が荒れた月の浦は、東西から岬が張り出して入り江の口を狭くしていた。

日でも、深く広い入り江の奥は穏やかだった。

船が入り江の口から外海に出たとたん、船べりを叩く水音が強くなったが、

「今日は、外海も静かですぜ」

勘吉は平然と言ってのけた。

東の牛頭崎《ごずさき》と西側の天狗鼻《てんぐばな》の岬が突き出した入り江の口を出た先は、日本海である。

日本海の対岸には清国《しんこく》、ロシアといった異国があることは耳にしていた。

沖合を航行する異国船を見たという船乗りや漁師も居るには居たが、又十郎はまだ目にしたことはない。

「勘吉、鬼石場《おにいしば》にしよう」

「いいかもしれませんね」

四、五年前、偶然見つけた岩場を『鬼石場』と名付けて、それ以来、二人は秘密の

漁場にしていた。

勘吉は、天狗鼻の先で船の舳先を左へと向けた。

天狗鼻の一帯は、高さ三十丈（約九十一メートル）、幅二町（約二百十八メートル）もある切り立った断崖が海に落ち込んでおり、土地の者は屛風《びょうぶ》ヶ浦《うら》と呼んでいた。

屛風ヶ浦と浜岡浦の港の間には大小の島が点在し、そのうえ、海岸線の複雑な地形も絡んで不規則な潮流を引き起こすというので、土地の漁師も北前船の船頭も難所として恐れていた。現に、屛風ヶ浦の断崖下に難破船が漂着したこともあった。

沖合で難破した船から流れ出た船簞笥《ふなだんす》や折れた帆柱などが波間に漂っているのを、又十郎も勘吉も何度か見たことがある。

そんな屛風ヶ浦にも、一か所、格好の釣り場があった。

鋭く三角に尖った大小の岩場が屹立《きつりつ》する岩礁には白波が立ち、人が立ち入ることを拒むような様相だったのだが、ある時、又十郎と勘吉の乗った船が波に押されて、狭い岩礁の間をするりと通り抜けた。

通り抜けた先は、荒波が岩礁に食い止められた二十坪ほどの穏やかな潮溜《しおだま》りになっていて、釣り糸を垂れると、驚くほどの釣果《ちょうか》があった。

「ここは、去年の夏以来でしたかね」

『鬼石場』に久しぶりに船を漕《こ》ぎ入れた勘吉が、錨を下ろした。

「いや。秋の終わりに一度来ただろう。たしか九月だ」

又十郎には、大物を釣り上げた記憶があった。

『鬼石場』からは、屛風ヶ浦に遮られて朝日は見えないが、外海の沖合が日を浴びて輝いていた。

釣り糸を垂らして半刻（約一時間）もすると、魚籠《びく》に半分ほどの釣果があった。

鯵《あじ》のほかに、真鯛《まだい》や石鯛が何匹もかかった。

「又十郎様」

勘吉のくぐもった声がした。

「鯨でもかかったか」

又十郎が笑顔を向けると、

「あれを」

険しい横顔を見せた勘吉が、波に洗われている岩場を指さした。

見つめた又十郎の眼に、岩場近くで波にもてあそばれている布に覆われた小さな樽《たる》のようなものが見えた。

「あれは、死骸ですね」

勘吉が低い声を出した。

眼を凝らすと、波にゆすられるたびに、締め込みをした尻や二本の足が海面に現れた。布に覆われた樽に見えたのは、男の胴体だった。

「すぐに死骸を引き揚げるっ」

「へい」

釣り竿を置いた勘吉が、急ぎ櫓を漕いだ。


月の浦は、城山の麓から東の牛頭崎にかけて弧状の海岸線になっていた。その湾曲が三日月の形に似ていることから、入り江そのものも月の浦と呼ばれることになったという。

海岸線のほとんどは石垣で、石段状の桟橋が築かれていた。

船着き場の南側は大手門につながる武家地であり、海岸近くには廻船問屋や水運を営む商家が軒を並べ、船奉行の詰め所、蔵奉行支配の蔵屋敷など、行政の役人の詰め所も置かれていた。

又十郎と勘吉は、屏風ヶ浦で引き揚げた死骸を乗せた船を月の浦に着けた。

勘吉を奉行所に走らせた又十郎は、船着き場の近くの番屋に飛び込んだ。

「何人か手を集めてくれ。死骸を運ぶ」

顔見知りの番屋の男が、又十郎の声に慌てて飛び出した。

町奉行所支配の番屋には、町費で雇われた男が、交代で常に一人は詰めていた。

人手はすぐに集まった。

船着き場近くで働いていた屈強の人足が、又十郎の指示のもと、戸板に乗せた死骸を番屋の土間に運び入れた。

それからほどなくして、勘吉が奉行所の役人ともども駆け戻って来た。

「とんでもない非番になったな」

相役の同心頭、寺尾弥次兵衛が慰めを言うと、同行してきた同心の沢村十郎《さわむらじゅうろう》と斉木伸太郎は目礼をした。

「話は勘吉から聞いたが、又十郎はこの死骸をどう見る」

寺尾は又十郎の一回り上で、ぞんざいな物言いをするのだが、気の置けない人物だった。

「死んでから二、三日ばかりの死骸だと存じます」

待っている間に死骸を調べた又十郎は、寺尾に所見を述べた。

「冷たい水に浸かっていたせいか、腐乱は始まっておりません」

「着ているものから、人足か水主のようだが」

膝の上までの半纏《はんてん》をまとった締め込み姿の死骸は、寺尾の見立て通りだろう。

脛《すね》の脚絆《きやはん》は右側だけが残り、履物はなかった。

「船から落ちて溺れ死んだようだな」

寺尾が断じると、

「死骸の至る所に傷がありますが」

斉木が、恐る恐る口にした。

死骸の足や腕、顔や胸部には、大きいのは三寸（約十センチ）から小さいのは一分（約三ミリ）にも満たない裂傷が無数にあった。

「屛風ヶ浦に流された後、波にもまれて、岩場に打ち付けられた時のものだろう」

そう言って首を巡らせた寺尾に、又十郎は頷きを返した。

「寺尾様、ちと気になる傷があるのですが」

又十郎が、半纏の右の身頃《みごろ》をめくり、死骸を動かして脇腹を見せた。

そこに刃物による刺し傷があるのを、又十郎は番屋に運び込んですぐ見つけ出していた。傷口は海水に浸かっている間にふやけて、柘榴《ざくろ》のようにぱくりと口を開けていた。

「刀の切っ先か、あるいは匕首《あいくち》で刺されたような傷痕です」

そういうと、又十郎は半纏に出来た一寸（約三センチ）ほどの縦長の傷を寺尾たちに見せた。

死骸の男は、半纏ごしに右の脇腹を刺されたものと勘案された。

「おそらく、船の上の喧嘩《けんか》がもとで刺されて落ちたか、海に捨てられたのであろうよ。

なにせ、船乗りは気性が荒いからな」

そういうと、寺尾はため息をついた。

「実は、もう一つ気になることが」

そう言いかけた又十郎が、ふと言葉を飲み込んだ。

切迫した足音が近づくのを耳にした直後、番屋の表に数人の人影が立った。

「外海で見つかった死骸というのは、それか」

先頭に立っていた細身の侍が高飛車な口を利くと、土間に足を踏み入れた。

「そこもとは」

寺尾が眉をひそめた。

「この死骸の調べは、只今《ただいま》より、組目付《くみめつけ》が引き継ぐことになった」

寺尾の問いには答えず、土間に立った侍が抑揚のない声を発した。

「しかし、それはなにゆえにござる」

「大目付《おおめつけ》、直々の下知《げち》である」

男の返答に、寺尾は息を飲んで黙った。

大目付は、町奉行、勘定奉行、船奉行などと同列の重職であり、藩内の犯罪や規律違反、藩士の反逆、謀反に眼を光らせる役目である。

組目付は大目付管轄の下、密《ひそ》かに動き回る組織であった。

「運び出せ」

細身の男の声に、配下の男四人が土間に入り込むと死骸を運び出し、用意していた荷車に乗せた。

「念のため、ご貴殿の名を伺いたいのですが」

又十郎が丁寧な口を利いた。

「組目付頭、滝井伝七郎《たきいでんしちろう》」

番屋から出かかった細身の男が、又十郎を振り向いた。

「それがしは」

又十郎が名乗りかけると、

「知っている。同心頭、香坂又十郎」

すんなりと口にした滝井伝七郎は、表情一つ変えることなく、死骸を乗せた車と共に引き揚げて行った。

「どういうことだ」

不満げに口を尖らせた寺尾が、舌打ちをした。

「あの死骸はどうみても奉行所扱いだろう。なにゆえ組目付が首を突っ込んでくるんだ」

寺尾の言葉は、又十郎の疑問でもあった。

三

又十郎が峰の坂の屋敷に戻ってきたのは九つ半（一時頃）を少し過ぎた時刻だった。

「今、戻った」

玄関の外から声を掛けたが、万寿栄の応答がなかった。

決して広い屋敷ではないから、中に居れば聞こえないわけはない。

又十郎は、玄関から入るのをやめて庭伝いに裏手に回った。

母屋の南側の空いている敷地には数本の栗の木が植わり、畑地もあった。

時節になれば、畑地からは大根、そら豆、甘藷《かんしよ》、里芋が採れた。そろそろ、蕗《ふき》の薹《とう》が顔を出す頃でもある。

魚の入った魚籠を井戸端に置くと、又十郎は台所への出入り口脇の棚の前に立った。

刃渡りの部分だけ布を巻いた出刃包丁と俎板《まないた》を持って井戸端に戻ると、魚籠の脇に置いた。

井戸から汲《く》み上げた水を桶《おけ》に溜《た》めて、やおら、又十郎は魚の鱗落《うろこお》としに取り掛かった。

釣れた魚を持ち帰った時の、いつもの手順である。

日は中空にあったが、暑くはなかった。峰の坂一帯は、城下の東の外れの山側のせいか、風がよく通る。

又十郎は十七の年に、香坂与一郎《よいちろう》、いよ夫婦の養子となってこの家の住人となった。生家の戸川《とがわ》家は兄の弥吾郎《やごろう》が継ぐことになっていたから、又十郎の養子縁組については、実父と養父の間で前々から口約束が出来ていた。

又十郎が、勘定役、兵藤嘉右衛門《ひょうどうかえもん》の娘、万寿栄を嫁に迎えたのは、遡ること七年前の二十三の時であった。

又十郎の三つ年下だから、万寿栄は今年二十七である。

養父は四年前、養母は二年前に、共に病の末にこの世を去っていた。

百五十坪の敷地は、浜岡藩の四十石取りとしては相応の広さだった。

母屋は座敷と居間、夫婦の寝所の他に客間が一つの小ぢんまりとした普請《ふしん》だったが、子のない又十郎と万寿栄にとっては、広すぎもせず狭くもない、程のよさがあった。

ただ、西向きの座敷と客間は日が落ちてからも熱気が籠るので、夏は必ず縁側に葦簀《よしず》を下げているのだが、いつも焼け石に水だった。

祝言を挙げた翌年、万寿栄の発案で庭に植えた糸瓜《へちま》が、思いのほか功を奏した。立てかけた数本の細竹に巻き付いた弦が屋根の軒まで伸び、夏の盛りに葉を茂らせて、毎年、格好の日よけになったのだ。

「お戻りでしたか」

鱗を取り終わった魚に釣瓶《つるべ》の水を勢いよく掛けた時、声がした。

日を背にした万寿栄が、青物を乗せた笊《ざる》を抱えて表の方から現れた。

「大谷《おおたに》様から青菜を頂戴《ちょうだい》いたしまして」

万寿栄が、畑の先の山側に顔を向けた。

「遅くなった」

「大方、勘吉さんのところで昼餉《ひるげ》の御馳走《ごちそう》に与《あずか》っておいでだったのでしょう」

ふふと含み笑いをした万寿栄が、

「なんとも見事な鯛や飛び魚ですね」

目を丸くして、俎板の魚を覗《のぞ》き込んだ。

「勘吉もおれも結構な釣果でな。帰りに、兵藤と戸川の家に魚を置いて来た」

「それはなによりでした」

万寿栄の実家である兵藤家は月の浦に近い中湊《なかみなと》町《まち》にあり、又十郎の実家、戸川家は武家地の東部、鏡町《かがみまち》にあって、峰の坂へ帰る通り道だった。

海で死骸を見つけた一件は、話せば長くなりそうなので、又十郎は黙ることにした。

「鯛は、刺身と潮汁《うしおじる》だな。鯵はどうする」

「塩焼きにして、それで今宵の夕餉《ゆうげ》は十分かと存じます。あと、めばると鮗《このしろ》は煮つけにしておけば明日の朝も食べられますね」

「おう。鮗が分かるか」

「こちらに嫁して七年、こうも度々魚の顔を見ておりますと、おのずと見分けられるようになります」

万寿栄が、控え目に胸を張った。

竈《かまど》に乗せていた鍋がぐつぐつと湯の音を立てはじめた。

又十郎は、火のついた薪《まき》を二本、土間に引き出した。

鍋で暴れていた湯がおとなしくなったところへ、又十郎が、ぶつ切りにしていた真鯛と石鯛を投じ、さらに、長めに切った根深《ねぶか》と生姜《しょうが》の小口切りを鍋に加えた。

あっという間に、鯛の身が白くなった。

「どうぞ」

土間に下りて来た万寿栄が、両手に持った小さな塩壺《しおつぼ》を又十郎に差し出した。

「たまには、万寿栄、そなたが味付けをしてみるか」

「でも、潮汁の塩加減は、わたしにはまだ無理かと」

万寿栄が尻込みをした。

香坂家の潮汁は、万寿栄が嫁に来る以前から又十郎が作っていた。

「見事な加減です」

と、万寿栄もその味を気に入っているのだが、自ら潮汁を作ろうとはしなかった。万寿栄が作る食べ物は又十郎も気に入っていたから、潮汁を作っても味付けにそれほどの違いが出るとは思えなかった。

「他の料理と違って、潮汁には出汁《だし》も醤油《しょうゆ》も、味噌《みそ》も酒も使いません。ただひとつ、塩だけで味を調えなければならないところに、潮汁の難しさがございます」

常日頃、万寿栄はそう口にしていた。

「そう言わず、一度、試してみたらどうだ」

又十郎が再度勧めると、

「いいのですか」

目を丸くした万寿栄が、恐る恐る又十郎を見た。

又十郎は、笑みを浮かべて塩壺の蓋を取ってやった。

大きく息を吐いた万寿栄が、塩壺の中におずおずと右手を差し入れようとした。

「義兄上《あにうえ》、お出ででしょうか」

玄関の方から声がした。

「数馬《かずま》の声のようです」

万寿栄が、三つ年下の実弟の名を口にした。

「ここに通してくれ」

「はい。味付けは、やっぱり」

塩壺を又十郎に押し付けると、万寿栄は、庭の出入り口から急ぎ出て行った。

苦笑した又十郎は、塩を三つ指で摘むと鍋の中にパラリと落とした。

今日の潮汁に、塩一摑みは多すぎると踏んだ。

三つ指で、もう一摘みの塩を鍋に放り込んだ。

「山中《やまなか》様もご一緒でした」

庭伝いに戻って来た万寿栄の後から、兵藤数馬と山中小市郎《こいちろう》が連れだって台所に入って来た。

「義兄上、突然に相済《あいす》みません」

数馬が口にすると、小市郎ともども頭を下げた。

「いや、こっちこそ台所などに呼んで相済まん。鍋を火から下ろしたら座敷に上がろう」

「いえもう。我らは、こちらにても一向《いっこう》に構いませんので」

小市郎が台所の様子に目を走らせると、

「しかし、香坂様が魚を捌《さば》いたり、煮たり焼いたりなさるという噂《うわさ》は、真《まこと》のことだったのですね」

笑みを湛《たた》えた眼差《まなざ》しを又十郎に戻した。

「そんな噂があるのですか」

万寿栄が目を丸くした。

「それより姉上、坂道を急いで喉が渇きましたので、我らに水を頂戴したいのですが」

「お待ちなさい」

棚に置いてあった片口《かたくち》を取ると、万寿栄は台所を出て井戸に向かった。

又十郎は杓子《しゃくし》で潮汁の味をみると、「よし」と呟《つぶや》いて、火の気のない隣りの竈に鍋を移した。

「お聞きしたいことがございます」

数馬の低い声がした。

振り向くと、数馬と小市郎の険しい顔が又十郎の目の前に迫っていた。

「義兄上が番屋に運んだ死骸を、組目付が横取りしたと聞きましたが」

切迫した数馬の声に、又十郎が頷いた。

「やはり」

呟いた小市郎が、数馬と顔を見合わせた。

月の浦では何人もの人足の手を借りて死骸を番屋に運んだし、多くの見物人の眼にも触れていた。

「しかし義兄上、ただの水主の死に、何ゆえ組目付が首を突っ込むのでしょう」

「同心頭の寺尾殿がそのことを尋ねられたのだが、大目付の下知と口にするのみで、さっぱり分からんのだ」

又十郎は、組目付頭、滝井伝七郎とのやりとりを大まかに伝えた。

「それで、香坂様は死骸をつぶさにご覧になられましたか」

声をひそめた小市郎に、又十郎は頷いた。

いかに非番とは言え、死因を知るために体を調べるのは役人としては当然のことであった。

「死骸は、どのようなあり様だったのでしょうか。つまり、水死か、何か傷があったとか」

小市郎の問いかけに、数馬の眼も鋭くなった。

「そのようなことを、どうして気にする？」

又十郎が、訝《いぶか》るような眼を二人に向けた。

数馬は、三年前、家督を継いで勘定方、勘定役に就いていたし、山中小市郎は数馬の幼馴染《おさななじみ》で藩の祐筆《ゆうひつ》を務めている。しかし、町方が扱う犯罪に関わることのない、いわば文官であった。

「いえ。ただ、まこと、船乗り、水主の類《たぐい》であったかどうか——」

後の言葉を濁した数馬も、傍らの小市郎も、又十郎から目をそらせた。

「水をお持ちしました」

入って来た万寿栄が、片口を小市郎に差し出した。

「恐れ入ります」

口を付けて直《じか》に水を飲んだ小市郎は、すぐに片口を数馬に手渡した。

数馬は一口飲んだだけで、万寿栄に片口を返した。

「では、我らはこれで」

数馬が頭を下げると、小市郎も急ぎ腰を折り、

「失礼致します」

数馬と共に慌ただしく台所を出て、足早に表へと向かった。


七つ半（五時頃）を過ぎた香坂家の居間には夕焼けの名残《なごり》が漂っていた。

ひと月前の同じ時刻には行灯をともしていたから、だいぶ日が長くなったようだ。

差し向かいで夕餉を摂《と》っている又十郎と万寿栄の箱膳《はこぜん》には、それぞれ、刺身と潮汁が載っていた。

「数馬も小市郎殿も、いったい何の用があって参ったのでしょう」

箸を持つ手を止めた万寿栄が、首を傾《かし》げた。

「もしかすると、数馬の嫁取りのことだったのかもしれません」

そう口にした万寿栄が、ふふと、小さく含み笑いを洩《も》らした。

「嫁取りの話があるのか」

「例の、小菊《こぎく》様と」

万寿栄が口にした小菊とは、小市郎の妹の名である。数馬が小菊と仲が良いということは、又十郎も前々から耳にしていた。

兵藤家の義父母は、小菊との成り行きには大いに気を揉み、進展具合を探っているらしいが、そのたびに数馬は笑って誤魔化《ごまか》すのだという。

「なにせ、小菊様を嫁に迎えますと、兵藤家と山中様とは縁戚となります。となると、山中家と縁戚関係にある馬淵《まぶち》家とも縁がつながることに、父は、畏れと期待を抱いておりまして」

万寿栄が小さく、困ったような笑みを浮かべた。

浜岡藩の国家老三家のうちの一つである馬淵家は、〈永久家老〉の特権を持つ家柄であった。浜岡藩の藩主が誰に替わろうと、馬淵家の家老職は永久に不変という公儀のお墨付きが下されているのだ。

それがいかなる理由によるものか又十郎は知らないが、当代藩主の祖父が上州から移封となるはるか以前から、馬淵家が家老職にあるのは事実だ。

代々、藩の家老職を務める馬淵家と縁戚になることなど、勘定役を務める四十石取りの兵藤家にすれば思いもよらない果報である。

「数馬は、小菊殿をいったいなんとするつもりなのかな」

又十郎も、義弟の嫁取りはいささか気になる。

「確かめたわけではないのですが、わたしはどうも、数馬も小菊様もお互いを好いていながら、胸の内を口にしたことはないように思います。幼い時分から今日まで兄妹《きょうだい》のように日々を送った二人というものは、よほどのきっかけがないと、男女の仲にはなりにくいと、人様に聞いたことがありますから、そのことがいささか」

言葉を切った万寿栄が、小さく息を吐いた。

「数馬は学問も剣術も人並み以上だが、女《おなご》のこととなると意気地《いくじ》がないようだな」

又十郎は笑みまじりでそう口にした。

「あ。すっかり暗くなりました。今、明かりを」

「いやよい。このまま夕餉を済まそう」

又十郎が箸を動かすと、万寿栄も食事を続けた。

弟のことで気を揉んでいた万寿栄をよそに、又十郎は例の死骸のことが依然気になっていた。

屏風ヶ浦から運んだ死骸が纏《まと》っていた装《な》り、潮に焼けた体つきから船乗り、水主だということは想像できた。

だが先刻、数馬が台所で口にした、

『死骸はまことに、船乗り、水主の類であったかどうか』

そのような問いかけが、又十郎に引っ掛かっていたのだ。

又十郎は、番屋の土間で見、手で触れた感触を思い出した――顔、首、肩、胸板。

航海中の船上や港で重いものを担いだり、太い綱を引いたり巻いたりする連中の肩や掌には硬いこぶや胼胝が出来て当然だった。

しかし、月の浦に運んだ死骸は、他の水主連中に勝るとも劣らない頑丈な体つきだったが、又十郎が見知っている船乗り、水主に付き物の肩のこぶ、掌《てのひら》の胼胝《たこ》がほとんどなかった。

そのことを相役の寺尾に進言しかけた時、組目付頭の思わぬ出現によって、話をする折を失ったのだ。

それにしても、数馬と小市郎がなぜ死骸にあれほどの興味を示したのか。

四

月が替わった三月一日、又十郎の実父、戸川瀬兵衛《せへえ》の三回忌法要が執り行われた。

戸川家の檀那《だんな》寺《でら》である大宗寺《だいそうじ》は、創建が鎌倉期という古刹で、武家地の東方、鏡山《かがみやま》の西麓にあった。

法要の後、用意されたお斎《とき》が済むと、数人の親戚や知人は去り、庫裏《くり》の一室に残ったのは、又十郎の兄、弥吾郎一家四人と又十郎夫婦、それに兵藤嘉右衛門ととえ夫婦だけになっていた。

春の日が射し込む縁側近くに、なぜか、弥吾郎と又十郎、それに嘉右衛門の塊と、弥吾郎の妻女、利世《りよ》と万寿栄、それにとえの塊が二つ出来ていた。

「又十郎、奉行所の方はどうなのだ」

湯呑《ゆのみ》を手にした弥吾郎が、のんびりと又十郎に声を掛けた。

「はぁ。ま、つつがなく勤めております」

又十郎ものんびりと返事をして、湯呑を口に運んだ。

「又十郎様、先日は魚をお届け下さりありがとう存じました」

利世が口にすると、

「そうそう。あなたからもお礼を」

女の塊の中からとえが首を伸ばして、嘉右衛門に声を掛けた。

「いやいや、その節は」

嘉右衛門が、改まって又十郎に頭を下げた。

縁側の廊下で足音がしたかと思うと、甥《おい》の新太郎《しんたろう》と、姪《めい》のみさほが部屋に入って来た。

「又十郎叔父上、お寺の帰りに我が家に立ち寄って、剣術を教えてください」

新太郎が、又十郎の前に立った。

「わたしはいいが、父上母上のご都合もあるぞ」

又十郎が返答すると、

「今日は法事ですから、別の日になさい」

笑みを浮かべた利世が、新太郎をやんわりとたしなめた。

「新太郎、わしの次の非番の日に、竹刀を持って峰の坂の我が家に参るがよい。一日中相手をしてやるぞ」

「はい」

新太郎が、又十郎に向かって満面の笑みを浮かべると、その場に座り込んだ。

「新太郎殿は、いくつにおなりでしたか」

とえがぽつりと呟くと、

「今年、十《とお》になります」

利世が答えた。

「頼もしい跡取りですこと」

とえが、新太郎を見て微笑《ほほえ》んだ。

「又十郎殿、済まぬ」

押し殺したような声を発した嘉右衛門が、手を膝に置いて改まった。

「香坂家に嫁して七年も経《た》つというに、いまだに万寿栄が身籠らぬ」

嘉右衛門の突然の発言に、座がしんと静まった。

「なにも今、そのようなことを」

慌ててとえが口を挟んだが、嘉右衛門は思いつめたように言葉を続けた。

「もし、このまま万寿栄が子を生《な》さぬとなれば、香坂家に跡継ぎが出来ぬということだ。それでは又十郎殿にも相済まぬし、又十郎殿を養子に迎えた香坂与一郎殿も草葉の陰で気落ちしておられるに違いない。又十郎殿、子を産めぬ万寿栄など、いつなんどき香坂家から追い出してくださっても構わぬのですぞ」

嘉右衛門が、これまで聞いたことのない強い口調で、白髪交じりの頭を下げた。

あまりのことに、弥吾郎も利世も声を失い、とえは、項垂《うなだ》れた万寿栄の前で、膝に置いた両手をしきりに揉んでいた。

「ははは」

又十郎が突然笑い声を上げた。

敢《あ》えて笑い飛ばそうとする気もないわけではなかったが、子のないという一事で深刻になってしまった義父の様子が、余りにも芝居じみて、可笑《おか》しくもあった。

「子が出来ぬからといって、万寿栄を追い出すつもりなど、又十郎にはさらさらございません」

笑みを湛えた又十郎が、一同の顔をゆっくりと見回した。


香坂家の玄関の戸をひそやかに叩《たた》く音がした。

すっかり夜のとばりに包まれた、五つ（八時頃）時分である。

熱燗《あつかん》を傾けている又十郎の傍らで、縫物の針を動かしていた万寿栄が手を止めた。

「よい。おれが出る」

又十郎が居間を出て、薄暗い玄関の上がり口に立った。

「どなたかな」

「義兄上、数馬です」

周りを憚《はばか》るような小さな声がした。

履物を履いて土間に下りた又十郎が、閂《かんぬき》を外して戸を開けた。

「夜分申し訳ありません」

土間に足を踏み入れるなり、数馬が詫《わ》びた。

「なにごとですか」

上がり口に現れた万寿栄が、眉をひそめた。

「昼間は、戸川家の法事に伺えず申し訳ありませんでした」

「いや。それはよいのだ」

又十郎は、数馬がそのことを言うためだけに来たとは思えなかった。

「実は、義兄上にお聞きしたいことや、お話ししたいことがありまして」

静かな口調で言うと、数馬は小さく頭を下げた。

「夕餉は済ませたのですか」

「はい」

数馬は万寿栄に頷いた。

「酒を飲みながらでもよいか」

「あ。それはありがたい」

数馬が、小さく笑みを零《こぼ》した。

「お二人は客間に。お酒はわたくしが運びますから、又十郎様は明かりを」

よどみのない口調で言い置くと、万寿栄は居間の方に戻った。

数馬の様子から、又十郎と二人だけで話したいのだと察したに違いなかった。

「とにかく上がるがよい」

又十郎が、玄関脇の板戸を開けて、六畳の客間に数馬を通した。

すぐに火打石《ひうちいし》を打って、行灯に明かりをともした。

「義兄上が海に浮かぶ死骸を見つけて以来、城下のあちこちで妙な動きが持ち上がっているのです」

向かい合わせに座るとすぐ、数馬が口を開いた。

昨夜来、山陰道の東西の木戸、安芸《あき》へと通じる山越えの街道に組目付の配下が動員されて、浜岡の領内から出る者を厳重に取り締まっているという。

その取締りは、街道だけでなく、月の浦や浜岡浦から出港する船にも及んでいるのだと数馬が続けた。

「藩内でなにが起きているのか、義兄上はご存じありませんか」

「いや。一向に知らぬ」

正直な返答だった。

奉行所と組目付では命令の系統がまったく異なっていたし、取り扱う事案も違う。

組目付が何に対しどう動いているかなど、町奉行に知らされることはない。

「お待たせを」

徳利を二本載せた盆を置くと、万寿栄は早々に客間を後にした。

お互いに注《つ》ぎ合うと、

「あとは手酌だ」

又十郎の提案に、数馬は頷いた。

「実は昨夜、新町の先、平野町《ひらのちょう》の仏具屋を組目付十人ほどが急襲しました」

盃《さかずき》を一気に呷《あお》ると、数馬がひそやかに口にした。

ところが、主人も奉公人たちの姿もなく、仏具屋はもぬけの殻だった。

「仏具屋にどのような嫌疑が――」

呟いた又十郎に、

「二年前に店を出したその仏具屋は公儀の密偵の巣だと、組目付は断じたようです」

と、数馬が小さく頷いた。

昨夜来、山陰道の木戸口や安芸への街道に組目付が配されたのは、姿を消した仏具屋の主や奉公人たちの領外逃亡を阻むためだったに違いないという。

「しかし、浜岡藩になぜ公儀の密偵が――」

又十郎は戸惑っていた。

「これは、小市郎が耳にしたという噂ですが」

前置きをして、数馬が話を続けた。

「越後から九州に至る、日本海に面したいくつかの藩に抜け荷の疑いありとして、公儀は前々から内偵を進めているらしいのです。三年前に、越前《えちぜん》の小谷野《こやの》藩、柳本《やなぎもと》家が廃絶となったのはお家騒動の混乱が原因だとされていますが、その実は、藩内の廻船問屋の抜け荷の証拠が、密偵によって露見したからだということです」

数馬の話に、酒を飲むのも忘れていた又十郎が、

「日本海に面したいくつかの藩とは、浜岡藩もか」

思わず問いかけた。

「そう考えた方がよいと、小市郎は言っています。公儀は、九州の対馬《つしま》、薩摩《さつま》にまで密偵を送り込んでいるとの噂もあります」

「先日、おれが引き揚げた死骸に関して、その方と小市郎殿が訪ねて来たのは――」

又十郎が途中まで口にすると、

「公儀の密偵は、船乗りや水主に身をやつして廻船問屋の船に乗り込んだりするそうです。ところが、航行中にそれが知れて争いが起こり、密偵は海に飛び込んだものの、傷がもとで力尽きて死んだのではないかと――、そんなことを小市郎と話し、義兄上をお訪ねしたのです」

腕を組んだ又十郎が、思わずうなり声を洩らした。

屛風ヶ浦で見つけた死骸の脇腹には、確かに刺し傷があった。

「あの死骸が、密偵だというのか」

又十郎の口から、独り言のような呟きが洩れた。

「そうと断じることは出来ません。ただ、密偵はなにも、船乗りに身をやつすだけでなく、長年にわたり諸国の城下で商いをする者、遊芸《ゆげい》の徒に成りすます者などもいると聞きます」

数馬の話を聞いて、又十郎は、曖昧だった出来事の一つ一つが少しずつ繫《つな》がっていくような気がした。

月の浦の番屋に現れた組目付が死骸を横取りしたのは、浜岡藩に潜り込んだ密偵だと踏んだからではないのか。密書の類が隠されていては剣呑《けんのん》だというので、死骸はおそらく、隅々まで調べられたに違いない。

「ということは、公儀に探られては困ることが、浜岡藩にはあるとでもいうのか」

又十郎が、思わず非難がましい声を出した。

数馬は動じることなく、又十郎の眼を見て小さく頷いた。そして、

「我らが知らないところで、なにかが起きているんですよ、きっと」

声は静かだが、確固たる響きがあった。

浜岡川のほとりを歩く又十郎の顔に、朝日を浴びた水面の照り返しがちらちらと突き刺さった。

白いものが二つ三つ、はらはらと行く手を横切った。
二、三日前から、城下に舞い始めた桜の花びらだった。
城内の桜や、東方に並ぶ、鏡山、鷺山《さぎやま》の山桜が、風に流されてくる時節になっていた。

又十郎は、浜岡川の北岸、寺町の一画にある鏑木道場へと向かっていた。

『勤めの帰りに、是非ともお立ち寄り願いたい』

奉行所の又十郎のもとに、道場主、鏑木重次郎《じゅうじろう》の使者が来たのは五日前である。

実父の三回忌法要の翌日のことだった。

「栗山信二郎《くりやましんじろう》と久保勘介《くぼかんすけ》が、近々、殿様の参勤のお供として江戸に向かうことになってな」

その日の夕刻、道場に立ち寄った又十郎に、鏑木重次郎が切り出した。

栗山と久保は、鏑木道場で剣を学ぶ門人である。

両名とも、江戸に向かう諸準備があり、稽古に出られる日があと一日しかないという。参勤に従えば、少なくとも二か月半以上は国元を離れることになり、剣術の稽古も当分お預けとなる。

「それで、最後の稽古の日には、是非とも師範代の香坂様とお手合わせをお願い出来ないかと、頭を下げられたのだ」

鏑木重次郎が、柔和な笑みを浮かべた。

又十郎は申し出を快諾した。

名残の稽古相手に名指しされるなど、師範代冥利に尽きるというものではないか。

栗山と久保は午後の稽古に参加すると聞いていたのだが、非番のこの日、又十郎は久しぶりに朝稽古から出ることにしたのだった。

五つから始まる朝稽古は、四つ半で終わり、午後の稽古は九つ半に始まって七つに終わるのが、鏑木道場の通例だった。

鏑木道場で教える剣術は、田宮神剣流《たみやしんけんりゅう》である。

もともとは戦場での技法に始まった、二百年余りも続く流派だが、今では、危機に臨んで急変に応じ、一瞬にして敵を制する大刀遣いと、それに伴う体と心の錬磨を旨としていた。

十五の時分から道場に通い続けた又十郎は、四年前から、鏑木道場の師範代を務めるようになっていた。

朝稽古では、なまった体を解《ほぐ》し、自らの鍛錬の為に時間を割いた又十郎は、午後の稽古になると、そのほとんどを栗山と久保のために費やした。

又十郎はまず、栗山の相手を務めた。

打ち込みに始まり、立ち合いに移った時、栗山の癖が顔を出した。

左の腕力が弱いのか右手が強すぎるのか、振った後の木刀がぴたりと止まらず、だらりと流れてしまうのだ。

「栗山。基本の素振りを続けることだな。木刀だからいいようなものの、これが真剣であったら、己の脛まで斬ってしまうぞ」

「はい」

肩で息をしていた栗山が頷いた。

久保は足の運びに難点があった。

注意点を述べてから、又十郎は二人の立ち合いを見た。

「香坂様、ありがとうございました」

稽古を終えた栗山が、手を突き、

「これで思い残すことなく、江戸へ参れます」

と、久保は、汗まみれの顔に満足げな笑みを浮かべた。

浜岡浦は月の浦と並ぶ浜岡城下の港町だが、その趣は大いに違っていた。

月の浦は城や武家地に近いこともあって、船奉行など藩の役所の出先、水運業、廻船問屋の蔵がほとんどで、静かな佇《たたず》まいだった。それに比べて、浜岡浦は昼も夜も大いに賑わっている。

蝦夷地から九州、上方へと日本海、瀬戸内海を往復する北前船が寄港する上に、近隣諸国とも行き来する水運業にしても、船の荷捌きや陸送も容易だとして、山陰道に近い浜岡浦が重宝された。

港近くには旅籠《はたご》や料理屋が軒を連ね、両替商、紙屋、蠟燭《ろうそく》、船具屋、鍛冶屋、桶《おけ》屋、油屋、と、様々な品を商う商家や職人の小店が立ち並んだ。

船着き場から少し奥まった浜岡で唯一の遊廓《ゆうかく》、今井町には八軒ばかりの妓楼もあり、男どもが息抜きをする遊興の港でもあった。

又十郎が、門人四人と浜岡浦に着いたのは、今井町の妓楼の雪洞《ぼんぼり》に灯がともり始めた頃であった。

昼稽古の後、井戸端で汗を拭いていた又十郎は、

「栗山と久保に声を掛けて、浜岡浦に繰り出そうと思いますが、師範代も是非」

三つばかり年上の門人、川本市之丞《かわもといちのじょう》から誘いを受けた。

承知した又十郎は、道場の下男を使いに立てて、帰りが遅くなる旨を万寿栄に伝えた。

浜岡浦へは、栗山、久保、川本の他に若手の林田《はやしだ》要《かなめ》が加わった。

「ささ、ご一同」

川本が案内した居酒屋は、港からほど近いところにあった。

入り口から奥の板場へと貫く土間の両側の板張りには、すでに七分方の客がいて、食欲をそそる煮炊きの匂いが店内に漂っていた。

又十郎一行は、板張りの中ほどの板壁近くに陣取った。

酒の肴《さかな》や食べ物は、店と馴染みの川本に任せることで衆議が決した。

店のあちこちから、いくつもの聞きなれない言葉が飛び込んできた。

土地の客に交じって、他国の商人や水主と思える連中がお国言葉を交わし合い、にぎやかに飲み食いをする姿がそこここにあった。

又十郎一行のもとに酒が来た。

「栗山、久保。参勤のお供に万遺漏《ばんいろう》なきことを願い、また、両人の無事を祈る」

又十郎が盃を捧げて飲み干すと、他の四人が倣った。

「堅苦しいのはここまでだ」

又十郎が言うと、あっという間に酒の注ぎ合い、料理の取り合いになった。

「二人は、江戸勤番になるのか」

川本が問いかけると、

「いえ。わたしも久保も、江戸に着いたらすぐに国元に立ち帰ることになっています」

栗山がため息交じりで返答した。

かつては、参勤のお供で江戸に行った家臣は、翌年の帰国まで江戸屋敷に滞在することが通例だったと聞く。ところが、財政逼迫《ひっぱく》で四苦八苦するようになった近年、諸藩は経費の節減に迫られた。

諸藩を悩ませたのが、参勤交代にかかる莫大《ばくだい》な費用である。

江戸に近い藩はまだしも、西国、九州など遠隔の諸藩、財力に乏しい小藩は、費用の捻出《ねんしゅつ》に喘《あえ》いでいた。

浜岡藩も例外ではなく、参勤の道中や江戸屋敷に掛かる費用の削減のために、お供で江戸に行った家臣の多くはすぐさま国元に帰されるようになったのだ。

「いつか、ぶん殴ってやる」

「我慢だ我慢」

すぐ近くで、男たちの大声がした。

又十郎が眼を向けると、日に焼けた水主らしい男三人が、豪快に飲み食いをしていた。

船上で仲間と揉めた話も出、年長の船頭への不満も口にしていたが、航海の途中寄港した土地の話になると、三人の水主どもは途端に陽気になった。

「これまでで、どの港がよかったかなんてのはおめぇ、結局は女次第で決まるな」

酒に濡《ぬ》れた唇を舐《な》めた水主が、髭面《ひげづら》を撫《な》でた。

「ほほう。それで、どこの女がよかったんだい」

川本が突然口を挟んだ。

相手が侍だと分かって、一瞬強張《こわば》った水主たちだが、目尻を下げた川本の笑顔につられて相好《そうごう》を崩した。

「おれは、福浦《ふくうら》だな」

髭面より年若の水主が目尻を下げた。

「いい女ならここだよぉ。浜岡の女が一番だ。今井町、瓢家《ひさごや》のおこまだよ」

髭面が向《む》きになって、口を尖らせた。

「浜岡の女を褒めてくれて嬉《うれ》しいねぇ。おれの酒を受けてくれ」

川本が、髭面に酌をした。

すると、水主たちは打ち解けたように料理の皿を勧めてくれ、さらに酌をし合ううちに、二つだった車座が一つになった。

「最近、この近くの海で、見かけなくなった水主がいるとか、船から落ちたとかいう話を聞いたことはないかね」

少し酔った又十郎が、思いついてふっと口にした。

「時化《しけ》の時に船から落ちた奴《やつ》や、酒に酔って海に落ちた奴は何人も見たことあるが、この二年はないな」

髭面が言うと、年若の水主が相槌《あいづち》を打った。

「なんでまた、そんな話を」

髭面が訝るように又十郎を見た。

又十郎は正直に、水主と思える死骸を見つけた一件を口にした。

「こちらの香坂様は、お奉行所の同心なのだよ」

林田要の説明に、

「あぁ」

水主たちが得心したように頷いた。同時に、近くで飲んでいた三、四人の職人や侍の、盃を持つ手がふっと止まったことに、又十郎は気付いた。

五

酒で火照った体に、夜風が心地よかった。

「これから今井町へ繰り出しますが、師範代も是非」

浜岡浦の居酒屋を出たところで、川本に誘われたが、又十郎は断った。

朝から道場の稽古に出たせいで、眠気と疲れに襲われていた。

旅籠町の四つ辻で門人たちと別れた又十郎は、大戸を下ろした商家の立ち並ぶ油《あぶら》町《ちょう》を通り過ぎ、紺屋町へと差し掛かった。

ガキッ、と、金物のぶつかる低い音を耳にした。

月が雲に隠れた暗い通りの先で、黒い塊が動いた。

又十郎の眼に、常夜灯の明かりを浴びて動く、何本かの刀身が見えた。

歩を進めると、刀を抜いた二つの人影に、数人の人影が刃《やいば》を向けて取り囲んでいた。

「これは尋常の立ち合いか！　それとも私闘か！」

大声を上げた又十郎が、己の刀を抜き放ちながら駆け出した。

数人の人影の方に動揺が走り、覆面の顔と刃を又十郎に向けた。

その隙に、囲まれていた二つの人影が暗がりに消えるのを、又十郎は眼の端で捉えていた。

「構わん、一緒に斬れ」

覆面の一人が叫ぶと、他の覆面二人が、又十郎に襲い掛かった。

体を躱《かわ》した又十郎が、峰を返した刀を振り下ろすと、相手の剣が二つに折れた。

すぐさま、もう一人の剣を下段から撥《は》ね上げた。

覆面の男の手を離れた剣が、キーン、と音を響かせて夜空に飛び、やがて、ガシャりと地面に落ちた。

「奉行所、同心頭、香坂又十郎だ。物取り、喧嘩ならば放ってはおけぬ」

又十郎が、覆面の侍たちに声を荒らげた。

斬れ、と命じた覆面が踵《きびす》を返して走り出すと、他の五人の男たちが慌てて後を追った。

「義兄上」

刀を収めつつ商家の軒下から出て来たのは、数馬であった。

数馬の横にいたのは、小市郎である。

「いったい、なにごとだ」

刀を収めた又十郎が、眉をひそめた。

「数馬の腕前なら斬り伏せられたでしょうが、それではことが大きくなる恐れがあるので、困っていたところでした」

小市郎は困惑したような口を利いた。

「我らを狙うとは、見込み違いもいいところです」

陽気に言い放った数馬が、笑顔で又十郎に頭を下げた。

浜岡城下に大雨が降った。

又十郎が、数馬と小市郎に刀を向けた男どもを追い払った夜の翌々日だった。

一日降り続いた春の雨に、浜岡川の水は泥色に変わり、濁流となって海へと流れ込んだ。

雨の勢いが衰えたのは、今朝の明け方だった。

しかし、昼を過ぎても細かい雨が降り続き、城下町は薄墨を刷《は》いたような色合いになっていた。

勤めを終えた又十郎が奉行所の門を出たのは八つ半（三時頃）である。

傘を差し、素足に下駄《げた》を履き、袴《はかま》の裾をからげて帯に挟み込んだ出で立ちで家路に就いた。

山陰道の大樋《おおひ》町《まち》に差し掛かった時、又十郎がふっと足を止めた。

傘を差した女が、少し先の四つ辻に現れた。

菜種油色の着物に焦げ茶の帯の組み合わせにも、女の足運びにも見覚えがあった。

兵藤家は、月の浦に近い中湊町だから、万寿栄は実家を訪ねた帰りかもしれない。

万寿栄に追いつこうとした又十郎が、またしても足を止めた。

背後から男の傘が近づくと、田町の方に曲がりかけた万寿栄が振り向いた。

傘の中で頭を下げた男は、山中小市郎だった。

短いやりとりを交わす万寿栄と小市郎の様子に、切迫したものが感じられた。

やがて、万寿栄が深々と頭を下げて、田町の辻の方へ足を向けた。

しばらく見送っていた小市郎は、困惑したように小さく息を吐いて、いま来た道を引き返して行った。

田町の辻へ眼を転ずると、万寿栄の傘が右に曲がって消えた。

又十郎は、田町の辻に向けて、ゆっくりと足を踏み出した。


日が昇るにつれ、蒸した熱気が同心溜りに立ち込めて来た。

二日にわたって降り続いた雨を含んだ庭の土が、一斉に水気を吐き出しているかのようだ。

奉行所の庭に夏のような日射しが降り注いだ。

文机で墨を擦っていた又十郎の手が、ふっと止まった。

あれはなんだったのか——幾度となく繰り返した言葉を、またしても腹の中で呟いた。

三日前の午後、大樋町の四つ辻で山中小市郎と立ち話をしていたわけを、又十郎は万寿栄に聞きそびれてしまっていた。

その日、先に峰の坂の屋敷に帰っていた万寿栄に、

『お帰りなさいまし』

と、いつもと変わらぬ様子で迎えられたせいで、尋ねる機を逸してしまった。

一日、二日と日が経つにつれて、ますます尋ねることが憚られた。

なにも、万寿栄と小市郎の間に不貞の匂いを嗅ぎ取ったのではない。それよりも、二人の表情に張り付いていた深刻さが気になっていた。

「香坂様」

名を呼ばれた気がして、又十郎が振り向いた。

「どうなさいました。さっきから、考え事ですか」

書付を手にした同心の山本重吉《やまもとじゅうきち》が、又十郎に首を突き出していた。

「あ。いやいや」

曖昧に誤魔化すと、墨を擦り始めた。

「実は香坂様、山本が面白い話を仕入れて参りまして」

山本より二つ年上の同心、沢村十郎が、又十郎の目の前に這《は》い寄って来て、

「先日の夜、組目付が急襲した仏具屋は、どうやら公儀隠密《おんみつ》が出入りする巣窟だったようです」

と、囁いた。

そのことは、すでに数馬の口から耳にしていた。

「なにゆえ、我が浜岡藩に公儀の隠密が忍び込むのかということですが」

「山本は知っているのか」

墨を擦る手を止めて、又十郎が問いかけた。

「聞くところによりますと、このところ、公儀に於《お》いても財政は火の車。やりくりに汲々《きゅうきゅう》としているのですよ。そのために、めぼしい大名に目を付けては、あれこれ粗《あら》を探し、言いがかりをつけた挙句に藩を取り潰して、その所領を我が物にする魂胆だというのです」

眉間に皺《しわ》を寄せて口にした山本が、はぁと、切ないため息をついた。

義兄上、浜岡藩ではなにかが起きていますよ——数馬がそのような言葉を吐いたことが思い出された。

日がかすかに翳ったと思うと、縁側に人影が立った。

「失礼します」

声を掛けて座ったのは、町奉行、河津《かわづ》清五郎《せいごろう》の若い臣従《しんじゅう》だった。

「香坂様、お奉行がお呼びでございます」

臣従が丁寧な物言いをした。

普段は城中に詰める奉行が、職務に関する質疑のため大手門外の奉行所に赴いて、吟味役や同心頭を呼び出すことは、特段珍しいことではなかった。

「承知した」

又十郎が腰を上げた。

又十郎が城内に足を踏み入れるのは、久しぶりのことだった。

本来、藩主が国元に帰郷している年の年賀や慶事の挨拶に赴くのは、百石取り以上の上級家臣だけであった。

四十石取りで、しかも、町奉行所の同心ごときが城内に入ることなど滅多になかった。

又十郎が城内に入ったのは、御前試合に臨んだ、昨年の十月以来のことである。

「これより城内に参り、大目付の平岩《ひらいわ》様を訪ねよ」

河津清五郎から所内の控えの間に呼び出された又十郎は、そう命じられた。

大目付の平岩左内《さない》の名は知っているが、一面識もなかった。

大目付の用件が何か、河津は知らないということだった。

城山の坂道を登った又十郎は、二の丸にある大目付の控え所を訪ねた。

又十郎が名乗ると、話は通っていて、建物の奥の座敷へと案内された。

「しばらくお待ちを」

案内の若い侍が去った。

縁側の障子が締め切られているせいか座敷は薄暗く、二間（約三・六メートル）ほど先の床の間に下がっている掛け軸の文字が読みづらい。

いきなり襖《ふすま》が開いて、二人の侍が入って来た。

又十郎はすぐに手を突いた。

一人が床の間を背にして座り、もう一人が、襖を背に控えた。

「お呼びによりまかり越しました。香坂又十郎にございます」

手を突いたまま、名乗った。

「平岩じゃ。顔を上げよ」

「はは」

顔を上げた又十郎の向かいに、裃《かみしも》を着けた、年の頃五十ばかりの平岩左内が床の間を背に座っていた。

襖を背に控えていたのは、組目付頭、滝井伝七郎であった。

屏風ヶ浦の鬼石場で見つけた死骸を月の浦に運んだ日、

『大目付、直々の下知である』

高飛車な物言いをして、死骸を引き取って行った男である。

「香坂又十郎、その方に密命を下す。明日、早朝、大坂《おおさか》に発《た》て」

大目付からの思いがけない下知に、又十郎は息を飲んだ。

「そのわけは、組目付頭の口から」

平岩が、顎《あご》の先を滝井に向けた。

「浜岡藩内に、密かに不穏の動きがあるのだ」

滝井が、低い声で話し出した。

藩政を正すべきだと異を唱える藩士が、密かに同志を集めて談合を重ねているという噂があると、滝井は続けた。

「わが浜岡藩に、正すべきことなどあるわけがない」

平岩が、不快そうに口を挟んだ。

「ただ、まぁ、逼迫していた財政に辣腕を振るわれた本田《ほんだ》様の舵取りを、内心面白く思われぬ方々がお出でになるのやもしれぬがの。そういう方々の妬《ねた》みやら愚痴の類に踊らされた若い藩士どもが、藩政改革を標榜しているだけなのだ」

憤懣《ふんまん》やるかたないといった様子の平岩が、ふうと、小さく息を吐いた。

平岩が口にした『本田様』とは、五年前、国元の筆頭家老となった本田織部《おりべ》のことである。

逼迫する財政を立て直すために、蝦夷地の海産物、あるいは奥羽《おうう》、出羽《でわ》の特産品などを上方、江戸へと運んで商いをするという本田家老の英断によって、その後、藩の収益が上がったことは、浜岡藩士の多くに知れ渡っていた。

しかし、その恩恵を受けたのは、廻船問屋や水運業、商家ばかりで、郡部の対策が忘れられた。農民は新田の開発を訴え続けたのだが、藩が動くことはなく、両者の間で板挟みにあった郡奉行《こおりぶぎょう》が切腹するという事態に発展したことをかすかに覚えていた。

そこまで思いを巡らせたとき、『まさか』と、又十郎は腹の中で呟いた。

当代藩主の祖父、松平照政が浜岡の城主になっておよそ六十年が経ったいま、藩政の中枢に在るのは家老の本田織部を筆頭に、勘定奉行の都築彦右衛門《つづきひこえもん》、船奉行の垣内《かきうち》勘斎《かんさい》、大目付の平岩左内である。それらは、照政と共に上州から従って来た数家の忠臣のうちの四家であった。

浜岡では新参の四家が、浜岡生え抜きの名家をことさら排斥したわけではないが、財政再建など、藩政の立て直しに貢献し、さらに当代忠熈の老中職就任が実現したことによって、本田家老の権勢はゆるぎないものになっていた。

『内心面白く思われぬ方々がお出でになるのやもしれぬがの』

平岩は暗に、永久家老職を務める馬淵家ら、浜岡生え抜きの家臣団のことを口にしたのだろうか。

あ！——出そうになった声を、又十郎が慌てて飲み込んだ。

三年ほど前、農民と藩政の狭間《はざま》で切腹した郡奉行の名が、今中平祐《いまなかへいすけ》だったことを思い出した。

今中家は、馬淵、大泉《おおいずみ》、山中と並ぶ、浜岡生え抜きの旧家である。

生え抜き派と上州派の対立などなかったと、亡父から聞かされていたのだが、それは表に出なかっただけで、確執の芽が密かに膨らんでいたのかもしれない。

「大坂へ発てとの仰せですが、用件の趣《おもむき》をお聞かせ願いとう存じます」

駆け巡る思いを押し隠して、又十郎は静かに伺いを立てた。

「先日、出奔した若い藩士一名をなんとしても討ち取らねばならぬ」

滝井伝七郎の声は低く、冷ややかだった。

出奔した藩士は、大坂、あるいは江戸の若い藩士に近づき、藩政改革の同志を集めてゆくゆくは徒党を組んで暴挙に出るつもりに違いないという。

「これは明らかに藩への謀反《むほん》である。大坂で待ち伏せし、抹殺せねばならぬ」

滝井の声に凄《すご》みが加わった。

「なれど、組目付のお役に、何ゆえ町奉行所のそれがしが」

又十郎が、素朴な疑問を口にした。

「昨年初冬の御前試合で、十人抜きをしてのけた香坂又十郎の腕を見込んでのことじゃよ」

平岩の物言いには淀みがなかった。

「それに、刑人と申すか、法度《はっと》破りの者の首を刎ねるのが務めの同心頭にはうってつけのお役目だと、大方のご重役がそう口を揃えられてな」

笑み混じりで口にした平岩だが、又十郎を見据えた眼は冷酷な光を帯びていた。

「して、出奔した藩士の姓名はなんと」

又十郎が問うと、

「勘定方勘定役人、兵藤数馬」

抑揚のない声で、滝井が返事をした。

兵藤数馬は義弟でござる——思わず口を開きかけた又十郎が、言葉を飲み込んで、滝井を見、そして平岩に眼を遣《や》った。

落ち着き払った平岩と滝井の様子から、そのことは重々承知の上だということが見て取れた。

「香坂又十郎、これは藩命ぞ」

拒むこともならず、又十郎はがくりと両手を突いた。

「藩命により、謀反人を討ち取るまで、国への帰参は叶《かな》わぬ。また、役目を違《たが》えたり、相手に手心を加えたるときは、国元の戸川本家はもとより、ご妻女においても容易ならざる事態と相なることを忘れてはなるまい」

平岩の口から発せられた内容に、又十郎は、体から血の気の引く思いがした。

普段なら四半刻もあれば帰り着く道を、重い足を引きずるように歩いた又十郎は、半刻近くも掛かって屋敷にたどり着いた。

「お帰りなさいまし」

いつものように玄関に出迎えた万寿栄に、

「こっちへ」

先に立った又十郎は、万寿栄を従えて座敷に入った。

七つ（四時頃）時の座敷は、西日を受け障子が血のように赤々と染まっていた。

「藩命により、明日早朝、大坂へ発たねばならぬ」

向き合って座るなり、又十郎が声を発した。

万寿栄は何も言わないが、かすかに息を飲む音がした。

「詳しいことは口に出来ぬが、大坂にどれほど滞在するのか、何日で片付くのかも知れぬ用件だ。よくよく心得て、留守を頼む」

軽く頭を下げた又十郎が顔を上げると、万寿栄の眼が不安げな色を帯びていた。

「もしかして、数馬のことと何か関わりがあるのでしょうか」

思いもしない問いかけに、又十郎は言葉を失った。

「実は、この何日か、数馬が兵藤の家を空けているものですから」

数馬が家を空けて三日後に、兵藤の父親から知らせがあったのだが、奉行所の勤めに障《さわ》るから又十郎には知らせないよう言われていたのだと、万寿栄が詫びた。

「勘定方のご同役や山中小市郎様を訪ねて聞いて回りましたが、数馬の行先はどなたもご存じではありませんでした」

そう言って、万寿栄が心細げな息を吐いた。

「いや。此度《こたび》の用件は、数馬とは関わりのないことだ」

又十郎がきっぱりと口にすると、万寿栄の口からかすかにふうと安堵《あんど》の息が洩れた。

万寿栄の弟を斬る役目を負っていることなど、口が裂けても言えぬ。

旅の支度に夜半過ぎまで掛かった又十郎は、半刻ばかり仮眠を取った。

まだ暗いうちに目覚めると、万寿栄が居間に朝餉《あさげ》の膳を並べて待っていた。

言葉もなく黙々と食事を済ませた又十郎は、黙って腰を上げ、そして、履物を履いた。

黙って玄関を出ると、万寿栄も黙って出て来た。

「ではな」

「道中、お気をつけられませ」

万寿栄の言葉を背中で聞いて、又十郎は坂道を足早に下った。

大坂へ行くことは無論のこと、浜岡藩領から出るのも、又十郎には初めてのことであった。

城山も城下の家並みも、夜明け前の暗がりに沈んでいた。

第二話　地獄門

一

三月十三日早朝に石見国《いわみのくに》を旅立った香坂又十郎《こうさかまたじゅうろう》は、昼前に息が上がった。

他の道を行くべきだったか――後悔しても、半日も進んだ後では取り返しがつかなかった。

石見国の背後に、山並みがこれほど幾重にも折り重なっていることなど思いもしなかった。

石見国浜岡《はまおか》から大坂《おおさか》に向かうには、大きく分けて二つの道があった。

日本海沿いに東へ、出雲《いずも》、伯耆《ほうき》、但馬《たじま》と、山陰道を行く手が一つ。

もう一つが、石見国の背後を東西に横たわる山脈を越えて山陽道に出て、瀬戸内《せとうち》沿いを東に向かう道程である。

又十郎は、山陽道に向かう山脈越えの道を取っていた。

三月半ばとはいえ、折り重なるように立ちはだかる山脈の天候は厳しく、つづら折りの悪路に難儀しながら、浜岡を出て二日目の夕刻、安芸国《あきのくに》、広島《ひろしま》にたどり着いた。

そこで一晩宿を取り、翌早朝、大坂を目指した。

二日に亘《わた》って山越えをした身にすれば、山陽道は平坦この上なく、歩くには極楽であった。

浜岡を出て八日後の二十一日、大坂に着いたのは、予定よりも早い昼過ぎのことだった。

初めての諸国道中だったが、物見遊山のような心持ちは微塵《みじん》もなかった。

又十郎は、義弟、兵藤数馬《ひょうどうかずま》追討の藩命を負って国を出たのである。

重苦しい心の在り様とは裏腹に、商都、大坂の至る所に活気が漲《みなぎ》っていた。

堂島新地《どうじましんち》から橋を渡った中州《なかす》が、堂島川と土佐堀川《とさぼりがわ》に挟まれた中之島《なかのしま》だった。

多くの船が川を行き交い、蔵の立ち並ぶ河岸に接岸した船に荷を積み、あるいは荷揚げに従事する人足たちの働きぶりは圧巻であった。

大坂の商人が扱う最大の品目は、諸藩から運ばれてくる年貢米である。そのほかに、蝦夷《えぞ》から陸奥《むつ》、出羽《でわ》などを経た北前船《きたまえぶね》が九州を回って、西国の産物なども持ち込まれる。農、海産物に留まらず、紙、木材から銅や銀などの鉱物に至るまで、ありとあらゆる物資が大坂に集まっていた。

全国諸藩の蔵屋敷は、江戸をはじめ、長崎《ながさき》、京、名古屋《なごや》にもあったが、海運に適した大坂には百二十を超える蔵屋敷が設けられていたのである。

「大坂に着いたら、蔵屋敷を訪ねよ」

又十郎は、国を出る前日、組目付頭《くみめつけがしら》の滝井伝七郎《たきいでんしちろう》にそう命じられていた。

浜岡藩の蔵屋敷は京町堀《きょうまちぼり》にあると聞かされている。

「これが西横堀川《にしよこぼりがわ》いうて、難波《なんば》まで通じてる堀や。これを南へ行くと、西に延びてる一つ目の堀が江戸堀《えどぼり》で、その次の堀が京町堀や」

又十郎が道を尋ねると、通りがかりの物売りは足を止めることなく、一気にまくし立てながら先を急いだ。

懇切丁寧ではなかったが、物売りの説明は明快で、又十郎は迷うことなく京町堀にある浜岡藩、大坂蔵屋敷にたどり着いた。

時刻は間もなく、八つ（二時頃）という頃合いである。

「国元より参りました、香坂又十郎と申します」

応対に出た若い蔵役人に名乗ると、

「まずは上がられませ」

訪ねて来ることは通じていたらしく、蔵役人が又十郎の先に立った。

屋敷の中は表から見たよりも奥が深く、廊下をいくつか曲がった末に、

「こちらでしばらくお待ちを」

立ち止まった蔵役人が、部屋の板戸を引き開けた。

又十郎が部屋に入ると、外から戸が閉められて、蔵役人の足音が遠のいた。

部屋には炉の切られた十畳ばかりの板張りがあり、二畳分ほどの土間には、格子のはめられた明かり取りと、外に通じている戸口があった。

又十郎は、土間の隅に忘れられたように置いてある履物を見つけて、足を通した。

戸に手を掛けて引くと、なんなく開いた。

細目に開けた戸の外に、蔵が三棟ばかり立ち並んでいるのが見えた。

蔵と蔵の狭い隙間の向こうに、大きな水溜《たま》りがあり、小船が浮かんでいた。

「お待たせ致した」

いきなり、男の声が掛かった。

又十郎が振り向くと、右手に刀を持った三十代半ばの侍が、穏やかな顔つきで板張

りに立っていた。

「大坂蔵屋敷の岩沢寅次郎《いわさわとらじろう》と申す」

「香坂又十郎にござる」

又十郎が、急ぎ土間から上がって手を突いた。

「国元からはるばると、ご苦労に存ずる」

炉を挟んで又十郎と向かい合った岩沢が、律儀に会釈を向けた。

「蔵屋敷は初めてかな」

「は。蔵屋敷がこれほどの広さとは思いも致さず」

又十郎は、正直な感想を述べた。

「蔵屋敷というだけあって、ここは商いの屋敷でござるよ。そのなかに藩邸を置かせてもらっているような按配《あんばい》でな。ま、大坂の蔵屋敷は、どのご家中も似たり寄ったりのようです」

岩沢が、笑みを浮かべた。

「蔵屋敷の敷地に、小船が入り込んでいるのには驚きました」

「川沿いの蔵屋敷はどこも、船入《ふないり》があるのですよ」

「ふないり、ですか」

又十郎は、初めて耳にする言葉だった。

諸国から大坂湾にやってくる廻船《かいせん》の多くは、大坂市中を縦横に走る堀や川にまでは入り込めない大型船のため、沖合いに停泊するのだという。

沖合いの船と市中の商家や蔵屋敷の間を、荷を積んで行き来するのが、上荷船《うわにぶね》とか茶船《ちゃぶね》と呼ばれる小船だった。

大坂の蔵屋敷のほとんどは、川や堀に船通しを設け、敷地内に造った船入と呼ばれる人工の入り江に小船を引き込むことができた。

「当家の船入は、東西の長さ二十間（約三十六メートル）南北が十八間（約三十二・四メートル）ばかりですが、安芸、広島藩の船入は、二十八間（約五十・四メートル）と二十六間（約四十六・八メートル）もあるといいますから、上には上があるようです」

一気に話し終えた岩沢が、小さく、ふう、と息をついた。

「ごめん下さいまし」

板戸の外から男の声がした。

「お。入るがよい」

岩沢が声を掛けると、すっと板戸が開いて、

「遅くなりまして」

軽く会釈したお店者《たなもの》と思《おぼ》しき男が、ツツと部屋の中に膝を進めた。

「香坂殿。この者は、廻船問屋『備中屋《びっちゅうや》』の大坂店の手代じゃよ」

岩沢が、お店者を顎で指した。

『備中屋』は、浜岡に何軒かある廻船問屋の中では新参の店だった。

「手代の万治《まんじ》と申します」

又十郎を見た万治の顔に愛想はなかったが、物腰は慇懃《いんぎん》だった。

「香坂殿は、これより『備中屋』の家作に移っていただきます」

又十郎が訝《いぶか》るように岩沢を見ると、

「蔵屋敷にお留めすることなどわれ等としては一向に構わんのですが、香坂殿の姿が人の目に触れるのは、どうのこうのと、国元の大目付《おおめつけ》から通達がありまして」

苦笑いを浮かべた岩沢が、又十郎に頭を下げた。


「岩沢様は、香坂様のお役目をご存知ないのでございますよ」

浜岡藩の大坂蔵屋敷を出るとすぐ、又十郎のすぐ後ろに続く万治が、声を低めた。

「大坂蔵屋敷が知らぬことを『備中屋』は知っているということか?」

又十郎が、幾分皮肉を込めて呟《つぶや》くと、万治が黙って頷いた。

「それがしが、その」

「脱藩した謀反人をお探しとか」

万治が、言い淀《よど》んだ又十郎の後に言葉を続けた。

「国を一歩出ますと、日ごろから諸国の事情や様子に眼や耳を向けている商人のほうが、裏道にも通じているものでして」

万治は、軽く揉《も》み手《で》をしながら答えると、

「こちらへ」

と先に立ち、西横堀川に架かる橋を東へと渡って、川沿いを南へと向かった。

「これが私どもの大坂店でございます」

又十郎の横で、万治が一軒の商家を指し示した。

五間（約九メートル）ばかりの間口を取った店先に、紺地に白で『備中屋』の名と、菱形《ひしがた》に『備』の商号の染め抜かれた長暖簾《ながのれん》が地面まで下ろされ、うだつを上げた二階建ての普請は、大坂でも見劣りすることのないほどの店構えだった。

万治は足を止めることなく『備中屋』の店先を通り過ぎ、半町（約五十・五メートル）ばかり先の小さな道に入った。

角を二つ曲がると、小ぶりな平屋の一軒家の前で万治が足を止めた。

格子戸を入った万治は、半間（約九十センチ）先の母屋の障子戸を躊躇《ためら》うことなく開け、半畳ほどの土間に足を踏み入れた。

「香坂様も、どうぞ」

万治に促されて、又十郎が履物を脱いで土間を上がった。

万治が開けた障子の先に、六畳の部屋があった。

「部屋はこの一間ですから、ここで寝起きをしていただきます」

部屋には長火鉢もあり、又十郎に不服などなかった。

「厠《かわや》はこの奥にございます」

万治が、押入れの横の障子を指さした。

「香坂様は、火を熾《おこ》したりは、お出来になりますか」

「あぁ」

「台所の棚に、茶の葉、酒などは置いてありますから、台所の竈《かまど》を使うなり、長火鉢を使うなり、お好きになさって下さい」

万治が掌《てのひら》を向けた六畳間の左手に、畳二畳ほどの土間があり、竈が一つ、その横に水瓶《みずがめ》も据えてあった。

『備中屋』を訪ねてくる商人や、奉公人の親兄弟が大坂に来たときなど、宿として提供している家だという。

「朝餉《あさげ》と夕餉は、『備中屋』からお届けしますのでご心配なく」

「もし、鍋釜をお貸し願えれば、己一人ぐらいの飯はそれがしがしてのけるが」

又十郎の申し出に、万治は一瞬目を丸くしたが、

「いえ。食事のことはどうかこちらにお任せを」

万治の声に、凛《りん》とした響きがあった。

飯の支度をするために外へ買出しに行く又十郎の姿が人の目に付くのを、万治は懸念したのかもしれない。

「香坂様」

土間に下りた万治が、急に声をひそめた。

「謀反人が大坂に現れたということは分かっているのですが、立ち回り先などは、目下、国元の組目付の方々が探っておいでです」

と、続けた。

「仔細《しさい》が分かれば、香坂様には私どもがお知らせに上がります」

又十郎は、黙って頷いた。

「あとはなんのお構いも出来ませんが、ごゆっくりなすって下さいますよう」

軽く頭を下げると、万治は通りへと出て行った。

六畳間に突っ立ったまま見送った又十郎が、押入れを開けた。

夜具が一組、用意してあった。

謀反人、兵藤数馬追討の準備は周到に進められていたようだ。

ふう、と又十郎の口からため息が洩《も》れ出た。

翌朝、日が大分《だいぶ》上がった五つ（八時頃）、『備中屋』の持ち家を出た。浜岡から被《かぶ》って来た菅笠《すげがさ》で顔を隠した又十郎は、どこに向かおうかほんの少し迷ってから、日が昇ってきた方に足を向けた。

「おはようさん」

今朝は、『備中屋』の台所女中のおけいが、昨夜に引き続き、食事の膳を運んで来た。

「ちと聞きたいのだが」

又十郎が道を尋ねると、

「大坂のお城は、東の方です」

おけいは、昨日の夕餉の空膳を持って、長居することなく出て行った。

又十郎は、朝餉を済ませるとすぐ、大坂の散策を思いついて家を出たのである。

「東横堀川《ひがしよこぼりがわ》を渡ったら上り坂になってますから、そこからお城が見えるかどうかねぇ。上町《うえまち》まで上ったら、もう丸見えです」

おけいが言ったとおり、上町の通りに出たところで、全容とまではいかないが、大坂城の天守閣が又十郎の目に飛び込んできた。

なんと勇壮な――胸の内で、又十郎は声を上げた。

大坂城の外堀近くに出た又十郎は、南へと足を向けた。

町名も道筋も分からないが、東西南北さえ心得ていればなんとかなるはずだった。

だが、二、三度道を折れ、川を渡ったところで道に迷った。

見上げると、日は中天《ちゆうてん》にあって、どの方角から昇ってきたのか分からなくなっていた。

しかし、歩くしかない。

そのうち日が傾けば、西の方角が知れる。

それに、数馬が大坂にいるなら、偶然に行き会うことがあるかもしれない。その時はじっくりと話をして、浜岡に連れ戻すことが出来れば、穏便な処分で済むということもある。

だが、脱藩までした数馬が、やすやすと話し合いに応じるかどうかだ。

万一、刃《やいば》を向けてきたときはどう対応すべきか、悩ましいところであった。

四《よ》つ辻《つじ》に出た又十郎が、どの道を行こうか、ふと足を止めた。

「道をお探しか」

網代笠《あじろがさ》に袴《はかま》姿の侍が、又十郎の横に並んだ。

「西横堀川に出たいのですが」

又十郎が返事をすると、

「『備中屋』のある方だな」

侍から、思いもしない言葉が出た。

少し上げた笠の下に、組目付頭、滝井伝七郎の顔があった。

「送ろう」

滝井が先に立った。そして、すぐ、

「大坂城見物もいいが、外に出るときは『備中屋』の万治に行き先を知らせることだ。いつ何時、火急の知らせがあるかもしれぬのでな」

「数馬は、いや、謀反人は、この大坂におるのですか」

努めて冷静に、又十郎が問いかけた。

「大坂にいる藩政改革の同志と談合をするのか、あるいは通過して東へ向かうのか、目下探索しているが、蔵屋敷に近づいた様子はない」

「蔵屋敷にも同志がいるので？」

「確証があるわけではないが」

険しい顔つきになった滝井が、足を速めた。

二

大坂に来て四日が経つが、『備中屋』からも滝井からもなんの連絡もなかった。

『なんのお構いも出来ない』

手代の万治が口にしていた通りだった。

それをいいことに、昨日と今日、『備中屋』に行き先を告げて、又十郎は市中のあちらこちらを歩いてみた。

運よく数馬と行き会って話し合い、説き伏せて国に連れ戻すという考えは、もはや無謀のような気がしていた。組目付の頭、滝井とその配下まで動員した藩が、数馬の助命に首を縦に振るはずはないのだ。

夕闇の迫る通りを『備中屋』の持ち家に向かいながら、又十郎はそういう考えに立ち至っていた。

『備中屋』の持ち家の前で、ふっと足を止めた。

家の出入り口の障子戸の中で、ほのかに明かりがともっていた。

出掛ける前に灯《ひ》を点《つ》けた覚えがなかった。

又十郎は、戸口の左手から、母屋と塀の間の隙間を抜けて裏手に回った。

台所の板戸の破れ目から、中の明かりが洩れていた。

破れ目から中を覗《のぞ》いた又十郎の眼《め》に、思いも寄らない光景が見えた。

台所の土間の狭い板張りに、『備中屋』の女中のおけいが柱に凭《もた》れ、口を半開きにして眠っていた。

又十郎が、わざと音を立てて戸を開け閉めすると、

「あ、お帰りなさいまし」

おけいが、慌てて居住まいを正した。

夕餉の膳はすでに居間に置いてあり、空いた朝餉の膳はおけいの側《そば》にあった。

昼餉は出ないので、空になった朝餉の膳は、夕餉の膳を運んで来た時に持ち帰ることになっていた。

「わたしになにか、用でもあったのかな」

框《かまち》に腰掛けた又十郎が、足の汚れを手拭いで落とした。

「なにも、どうしても今日じゃなくてもよかったんだけど、来たついでに言っておこうかと思って、待ってたら、寝てしまった」

おけいは十八だと言っていたが、年の割には幼い照れ笑いを浮かべた。

「言っておくというのは、わたしにかな？」

「そう」

おけいが頷《うなず》いて、口を開いた。

『いつものお膳は、誰が食べてるんだ』

さっき、夕餉の膳を取りに寄ったおけいが、料理屋の親父《おやじ》にそう聞かれたという。

朝夕運んでいるお膳は、『備中屋』近くの『おてび』という料理屋が作っているも

のだった。

『備中屋』にも出入りする界隈《かいわい》でも評判の店なのだが、女房とお運び女の三人でやっている店の親父は、気に入らない客が来れば追い出すくらい偏屈で有名だった。

「わたしは、香坂様っていうお侍ということしか知らないから、店のおじさんにはそう言ったんだよ。そしたらおじさん、ほう、侍かぁなんて首ひねって。『備中屋』さんの世話になるような侍にしては、魚の食べ方が綺麗《きれい》だなって、ぽつりと言ったんだよ。それでほら、わたしがお世話してるお客さんが、あの『おてび』のおじさんに褒められたもんだから嬉《うれ》しくて、それを教えたくてね」

おけいが又十郎を見て、どうだと言わんばかりに笑みを向けた。

「綺麗な食べ方、これは作法を教われば誰でも出来る。だが、このお侍は、魚の旨《うま》い所をよくご存知だよ。骨の間をしゃぶるようにして、身のかけら一つ残してない。煮付けにしても、塩焼きにしてもな。この人は、大層な魚好きかもしれないねぇ」

店の親父は、食べ終えた魚の皿を見るたびに感心していたらしい。

なにも、綺麗に食べてやろうなどと思いながら箸を動かしているわけではなかったが、魚好きかもしれないという推察は、又十郎には嬉しい言葉だった。

長年、釣り場に通い、釣った魚を己の包丁で捌《さば》き続けていると、上手な食べ方まで身につくのかもしれない。

「わたしも、この店の魚は旨いなと思っていたんだよ」

又十郎は、正直な感想を述べた。

瀬戸内の海で捕れた魚だろうが、いい味だった。

魚の煮付けは、商都、大坂で洗練されたものなのだろう、又十郎が普段口にする浜岡の味とは違っていた。万寿栄《ますえ》の作る煮付けも旨いが、『おてび』の料理の方が一つも二つも、味付けの奥行きが深いように思える。

「香坂様に、店に来てほしいようなこと言ってたから、一度行ってみてはどうだね」

空になった朝餉のお膳を抱えたおけいが、台所の土間の戸口で振り向いた。

「あぁ。折があったら、是非、伺うと言っておいてくれ」

又十郎が二つ返事をすると、

「『おてび』だよ」

にこりと笑いかけて、おけいが出て行った。


暗がりで、何かが鳴る音がして、眼を開けた。

布団から素早く身を起こした又十郎が、横に置いていた刀に手を伸ばしたとき、

「『備中屋』の万治です」

密やかな声がして、台所の障子が開いた。

土間に、二つの影が立っていた。

「その方には、これよりすぐ、大坂を発《た》ってもらう」

影の一つから、抑揚の無い声がした。

笠の下の顔は見えないが、滝井伝七郎に相違なかった。

「いま、なんどきですか」

「七つ（四時頃）になったばかりです」

又十郎の問いかけに、万治が答えた。

「急ぎ支度を」

滝井にせかされるまま、又十郎は身支度を整え始めた。

袴を穿《は》き、腰に刀を差して、旅の必需品を纏《まと》めた包みを背に斜めに掛けた。

土間の框《かまち》に腰掛けて草鞋《わらじ》の紐《ひも》を結び終えると、

「三両（約三十万円）ございます」

万治が、又十郎に紙包みを差し出した。

「路銀《ろぎん》だ」

滝井に促されて、又十郎は紙包みを受け取った。

「大層な額だが、どこへ参る路銀であろう」

又十郎が静かに問いかけると、万治は滝井の顔色を窺《うかが》った。

「江戸だ」

「江戸――？」

思いもよらない滝井の言葉に、又十郎の口から声が出た。

大坂市中、街道に配した組目付の手の者が、謀反人、兵藤数馬の足跡を摑《つか》んだと、滝井が呟いた。

二日前、堂島の両替商から、『兵藤数馬』名義の為替を使って銀を受け取った若い侍がいたことが判明したという。

その若い侍は、東海道のどの宿場に両替商があるのかを、応対した手代に確認したうえで立ち去っていた。

「謀反人はおそらく、東海道を東に向かったと思われる」

滝井がそう断じた。

「しかし、何ゆえ江戸に――？」

「忠熙《ただひろ》公が江戸参府の途上ゆえ――」

又十郎の疑問に答えかけた滝井が、途中で言葉を飲んだ。

藩主の参勤の列に追いついて、数馬が、道中、直訴に及ぶというのだろうか。

それとも、江戸藩邸に駆け込むとでもいうのだろうか。

「暫時《ざんじ》、お待ちを」

立ち上がった又十郎は、急ぎ矢立《やたて》を取り出して一筆認《したた》めると、紙を四つに折って、空の膳の皿に敷いた。

「参るぞ」

滝井にせかされて、又十郎は追われるように台所の土間を出た。

『備中屋』のある船場《せんば》を離れて一刻《いっとき》（約二時間）もしないうちに、すっかり夜が明けた。

又十郎と滝井は、『備中屋』に戻るという万治に見送られて、京へと道を取っていた。

「江戸へ向かうのは、その方一人だ」

山崎《やまざき》が近い西国街道《さいごくかいどう》を歩いていると、突然、滝井が口にした。

「都の入り口まで送る間に、今から申すことを心得てもらわねばならぬ」

低いが、厳しい滝井の声に、又十郎は即座に頷いた。

江戸に着いたら、浜岡藩江戸屋敷に出入りする蠟燭屋《ろうそくや》『東華堂《とうかどう》』を訪ねよ――滝井の指示の一番目だった。

日本橋《にほんばし》、岩倉町《いわくらちょう》にある『東華堂』に行ったら、その後は江戸の指示に従えばいいようになっているという。

「だが、その方は決して、藩の江戸屋敷に近づいてはならぬ。さらに、江戸に居ることは、国元の誰にも知らせてはならぬ」

滝井の声は凄《すご》みを増し、その後ぷっつりと口を利かなくなった。

一度は見てみたかった京の都、さらに東の江戸へも行けるというのに、又十郎の胸は重苦しく、晴れない。

せめて、行き先なり万寿栄に知らせたいが、滝井の様子から、おそらく許しは得られまい。よんどころない力によって、故郷、浜岡から引き離されていく不気味さを感じていた。

〈『おてび』にはいずれ　魚さむらい〉

『備中屋』の持ち家を出る間際、又十郎が料理屋の親父へ認めた文言だが、いずれ『おてび』に行くことが、果たして叶うかどうかも覚束《おぼつか》ない事態になった。

「それがしは、ここまでだ」

日が西に傾いた伏見《ふしみ》の木戸門近くで、滝井が足を止めた。

「都には、あと三里（約十二キロ）ばかりで着く」

滝井の声に、又十郎は、ただ頷いた。

木戸門のある街道は、東海道ではなく、伏見大坂道と呼ぶのだという。

このまま都へ行くもよし、大津《おおつ》へ向かうもよいが、いずれも夜に掛かるだろうと滝井が続けた。

宿を取るつもりなら、日のあるうちに伏見に留まる方がいいともいう。

「ならば、それがしは伏見で宿を」

又十郎は、滝井の指示に従った。

「最後にしかと申しておく。――たとえ、どのような仕儀であれ、その方が江戸に着かぬ場合、連絡の手立てが途切れたるときは、浜岡のご妻女の身が危ういものと心得よ」

滝井の声に、又十郎が、息を飲んで眼を見張った。

「ご妻女ばかりか、戸川《とがわ》本家、兵藤家の行く末にも関わる。心して行け」

言うだけ言うと、滝井がくるりと踵《きびす》を返した。

冷ややかというより、揺るぎのない厳しさを張り付かせた横顔を残して、滝井伝七郎の背中が、西国街道の西日の中に紛れて、やがて見えなくなった。

又十郎は、両足を踏ん張ったまま動けなかった。

容易ならざる重荷を背中に負って、俄《にわ》かに足がすくんでいた。

「どけどけどけっ！」

人足の荒い声が轟《とどろ》いて、荷車が砂煙を巻き上げながら又十郎の脇をかすめて駆け抜けた。

三

馬のいななきに耳を突き刺されて、はっと目覚めた。

体を起こした又十郎が見回すと、お堂の観音開きの格子戸の外が、白々と明け始めていた。

「川止めが解けたぞぉ」

お堂の外から届く人馬の足音に交じって、人の声が響き渡った。

風雪に朽ちたお堂は、東海道脇の、少し奥まった灌木《かんぼく》の中にあった。

川止めが解けたと分かって、広さ五、六畳ばかりの堂内が俄かに騒然となった。

「急がないと、渡し船に乗れなくなるぞ」

外から届く声に煽《あお》られて、泥だらけの板張りに寝ていた旅の連中――商人や浪人、遊芸《ゆげい》の者、修験道の者――六人が、急ぎ旅支度に取り掛かった。

着の身着のまま寝ていた又十郎は、刀を手にお堂を出た。

灌木の間を抜けて東海道に出ると、荷駄《にだ》や人の列が東の方に延びていた。

「これじゃ、天竜川《てんりゅうがわ》を越すまで、一刻や一刻半（二時間から三時間）はかかるぜ」

人の列の中から、舌打ちが聞こえた。

お堂があったのは、天竜川西岸にある中《なか》の町《まち》という土地だった。

同宿した者の話によれば、京と江戸を結ぶ東海道の真ん中にあるというので、『中の町』と呼ばれるようになったらしい。

都からも、江戸からも、六十二里半余（約二百四十四キロ）の村だった。

又十郎は、月が替わって四月三日になった昨日の午後、浜松宿《はままつしゅく》を通り過ぎた。

滝井伝七郎と別れた伏見から、七日が経っていた。

浜松に着いたのは、まだ日も高い八つ半（三時頃）時分で、又十郎とすれば、天竜川を渡った先の見附宿《みつけしゅく》まで足を延ばしたかった。

ところが、天竜川の西岸に行くと、前日からの川止めだった。

野宿ならまだしも、宿を取るなら浜松まで引き返さなければならなかった。

東海道五十三次の一つ、浜松は、江戸、日本橋から数えて二十九番目の宿場だった。

京からは六十余里の、遠江国《とおとうみのくに》、敷地郡《ふちぐん》にあった。

江戸幕府の初代将軍となった徳川家康《とくがわいえやす》が、二十九歳から十七年間を過ごした城下町で、本陣の数は六、旅籠《はたご》は九十軒を超すほどの大宿場町である。

「だがね、川止めが二日も続くと、いくら浜松でも宿はないよ」

天竜川の河原で途方に暮れていた又十郎の耳に、旅人の話が届いた。

東西を繋《つな》ぐ東海道に人馬の絶える日はなく、川止めともなると、近隣の宿場には、たった一日で旅人や物資が溢《あふ》れかえるという。

おそらく、木賃宿にも潜り込めまい——そんな声を聞いて、又十郎は街道脇のお堂を仮の宿にしたのだった。

日が高くなるにつれ、東からの旅人を乗せた川船が次々と天竜川西岸に着いた。

一刻ほど待って船に乗った又十郎は、小天竜《こてんりゅう》、大天竜《おおてんりゅう》と呼ばれる二つの瀬を渡って、川の東岸に着いた。

浜松から四里（約十六キロ）、天竜川の渡し場から一里半のところに見附宿があった。

東の木戸を通り過ぎた又十郎は、ふと足を止めた。

西から東へと向かう旅人の多くが足を止めて、行く手の空に眼を向けていた。

「あれが、富士の山だよ」

誰かに教える男の声がした。

又十郎が東の方に眼を遣ると、はるか彼方の雲の上に先細りの山の頂が突き出ていた。

あれが富士の山か——腹の中で呟いた又十郎が、改めて東の空に眼を向けた。

姿形については何度も耳にしたことはあったが、目の当たりにしたのは今日が初めてだった。

「西から来た者は、ここで初めて富士のお山を見つけられるのだ。それで、見附宿の名がついたのだよ」

「へぇ」

物知りの旅人の言に、感心する声が周りで上がった。

江戸は、あの富士山の先にある。

又十郎はようやく、江戸に近づいているという実感を覚えた。


物見遊山の旅はともかく、男の足で一日に歩く道のりは十里（約三十九キロ）ほどだと世間では言われていた。大坂を後にした又十郎も、一日におおよそ十里ほどを進んだ。

「江戸までは、あとどのくらいの道のりだろうか」

見附宿の外れで、東に向かう行商の男に尋ねると、

「ええと、江戸、日本橋まで、五十九里半ですな」

道中案内の冊子を開いた行商の男から、そんな答えが返ってきた。

道中、何ごともなければ、六、七日で江戸に着ける道のりだった。

だが、又十郎は、初めて富士山を眼にしてから四日目に、川崎宿《かわさきじゅく》に着いた。

一刻も早く六郷《ろくごう》の渡しを越えたかったのだが、川渡しの刻限に間に合わず、東海道最後の宿を川崎で取った。

翌朝、六郷の渡し場は日の出前から人で混み合っていた。

又十郎は人の列に並んだが、渡し船に乗り込めたのは、一刻後のことだった。

六郷の渡し場で船を降りた又十郎が、東へと足を向けた頃、朝日が昇った。

荏原《えばら》郡入新井《いりあらい》村、大井《おおい》村を過ぎ、東海道の鮫洲《さめず》では、目の前に海が開けた。

海を右手に見て、又十郎は南品川宿《みなみしながわしゅく》の通りを北へと向かった。

品川宿を通り過ぎ、八、九町（約八百七十メートルから九百八十メートル）ばかり進んだところで、思わず足を止めた。

行く手に、高輪大木戸《たかなわおおきど》があった。

今朝、川崎宿の旅籠の番頭が、

「今日は四月の八日ですよ」

西へ旅立つ男にそう教えていた。

石見国を出てから、又十郎はひと月足らずで江戸を目前にしたことになる。

その間に、季節は春から夏になっていた。

江戸の内外を分ける大木戸に、旅立つ者を送る人たち、来る者を待つ人たちの顔が見掛けられた。

数人連れの侍の一団が、東海道を西に向かう姿がいくつも目に付いた。

四月から七月は参勤の時節だと聞いたとおり、藩主を江戸に送ってすぐ、国元に立ち戻る諸国の藩士たちかもしれない。浜岡の鏑木《かぶらぎ》道場の門人、栗山信二郎《くりやましんじろう》と久保勘介《くぼかんすけ》もすでに江戸に着き、今頃は帰途に就いているのかもしれなかった。

高輪大木戸は、道の両端に積まれた石垣の間を抜けるようになっていて、特段、行く手を遮る門が設けられているわけではなかった。

だが、又十郎の眼には、はっきりと門が見えた。

藩命を全《まっと》うして帰国出来れば極楽の門なのだろうが、そのためには義弟を討たねばならぬ。

又十郎の眼に見えているのは、入ったら二度と抜け出すことの出来ない、地獄の門かもしれない。

大きく息を吸って、又十郎は江戸の内に足を踏み入れた。

高輪から迷うことなく歩いて、京橋《きょうばし》を渡った。

「東海道は、ここからまっすぐ、一本道を行くつもりで歩けば、日本橋へと至ります」

大木戸を通り過ぎてすぐ、道を聞いた旅の僧から、そう教わった。

まるで、何もない野道を行くような物言いだったが、ただの一本道ではなかった。

道の両側に、家並みが絶えることはなかった。

様々な商家や小商人《こあきんど》の家が軒を連ねているのは大坂と変わりないが、寺社や武家屋敷の数が目立って多かった。しかも、広大な敷地を持つ武家屋敷がそこここにあった。おそらく、大名家の屋敷だと思われた。

芝《しば》、増上寺《ぞうじょうじ》を左手に見ながら新橋《しんばし》を過ぎると、通りの趣ががらりと変わった。武家屋敷が姿を消して、道の両側は商家だらけになった。

新橋から京橋へと繋がる通りは、小僧やお店者が行き交い、買い物の人もいれば、棒手振《ぼてふ》りや荷車が勢いよく駆け抜けて、活気に満ちていた。

又十郎が京橋を渡ると、活気と賑《にぎ》やかさが一層増した。

十数町にも及ぶ、日本橋へ至る表通りであった。

どこからか、鐘の音が鳴りはじめた。

しかとは分からないが、おそらく四つ（十時頃）だと思われる。

「岩倉町《いわくらちょう》というのはどのあたりであろうか」

又十郎は、通りがかりの、急ぐ様子のないお店者《たなもの》に声を掛けた。

「ほら、この先の左に袋物の看板が見えるでしょ」

立ち止まって指をさしたお店者は、袋物屋の向かいの小路を右に入れば、その左側が岩倉町だと教えてくれた。

道を尋ねた場所から、思いのほか近いところだった。

蠟燭屋『東華堂』はすぐにわかった。

蠟燭の図柄の絵看板が軒下に下げられ、庇《ひさし》の上にも『東華堂』の看板が見えた。

「ごめん」

誰にともなく声を出して、間口三間（約五・四メートル）ばかりの店の土間に、又十郎は足を踏み入れた。

土間の先は板張りで、取っ手の付いた引き出しの棚が壁一面にあり、手代らしい三人の男が、真新しい蠟燭を棚に仕舞ったり紙に包んだりと、忙しく立ち働いていたが、店内に客らしい人影はなかった。

日ごろ蠟燭を使うのは、寺社や大身の武家、それに大店の奥向きくらいだから、客が押し掛けるというような商いではない。浜岡の香坂家でも、蠟燭を使うのは仏壇の灯明だけで、又十郎など大半の武家も大方の庶民も、暮らしの明かりに用いるのはもっぱら菜種油である。

「誰か」

帳面から顔を上げた、番頭と思しき五十格好の男が又十郎に気づいて、手代に声を掛けた。

「なにか御用でございましょうか」

蠟燭を棚に仕舞った手代が、又十郎の前に膝を揃《そろ》えた。

「石見国、浜岡藩大目付、平岩《ひらいわ》様の御用にて参った、香坂又十郎と申す」

淡々と口にしたが、俄かに顔つきを引き締めた手代が帳場へと眼を走らせた。

帳場の男が微《かす》かに頷くと、

「こちらへ」

土間に下りた手代が、掌を表へと向けた。

又十郎が手代に案内されたのは、『東華堂』の横道を奥に入った母屋である。

板張りの小部屋で待つ又十郎の耳に、水の音や瀬戸物の触れ合う音が届いた。板壁の向こうは台所のようだ。

「お待たせを致しまして」

ほんの寸刻待ったところで、店先では見かけなかった手代風の男が入って来た。

「わたしは、『東華堂』の手代、和助《わすけ》と申します。あなた様のことは何事も、浜岡藩江戸屋敷から伺っておりまして、江戸でのお世話はわたくしが承りますので、どうかご安心を」

又十郎と年格好の似た和助が、丁寧な口を利いた。

「さっそくこれから、香坂様が住まわれる長屋にご案内させていただきます」

「住むと、申されたか」

又十郎が眉をひそめた。

「『源七店《げんしちだな》』と言いまして、店賃の御心配には及びません」

「いや。住むとは、いったいどういうことかと」

「江戸屋敷から伺ったところによれば、香坂様のご用向きは、いついつまでに終わるというものではないそうで。そうなりますと、旅籠泊まりでは物入りでもありますし、『東華堂』の家作の方がなにかと都合がよいとのことでございました」

和助が、小さな笑みを浮かべた。


蠟燭屋『東華堂』の母屋を出た又十郎は、和助のうしろに続いた。

和助は、日本橋の表通りを北へと向かっていた。

『東華堂』の家作である『源七店』は、神田八軒町《かんだはちけんちょう》にあるという。

神田川に架かる筋違橋《すじかいばし》を渡ると、和助が右の小路へと曲がった。

道々、牛込袋町代地《うしごめふくろまちだいち》だの神田佐久間町《さくまちょう》、相生町《あいおいちょう》だのと、和助がいくつかの町名を口にしたが、又十郎にはどこも同じような町にしか見えない。

二つ目の四つ辻を左に曲がり、突き当たりの三叉路《さんさろ》を右に折れたあたりが神田八軒町だった。

周辺は様々な職種の店や人家が密集していたが、その先に、壮大な武家屋敷の瓦屋根が見えた。

「藤堂和泉守《とうどういずみのかみ》様の上屋敷です」

そう口にした和助が、又十郎を『源七店』へと案内した。

木戸を潜《くぐ》るとすぐ左に稲荷《いなり》の祠《ほこら》があり、井戸と物干し場の奥に厠が見えた。

井戸から左へ伸びたどぶ板の両側に、三軒長屋が二棟向き合っていた。

「茂吉《もきち》さん」

木戸から一番近い家の戸口に立った和助が、声を掛けた。

家の中から、へい、と声がして、

「こりゃ、和助さん」

表に出て来た、五十ばかりの男が腰を折った。

和助は又十郎に、『源七店』の大家の茂吉だと言い添えると、

「先だって話した、香坂様ですよ」

と、茂吉に告げた。

「西国からお出《い》でになるという、番頭の吉左衛門《きちざえもん》さんのお知り合いでしたな」

茂吉の言葉が、又十郎の胸を少し曇らせた。

石見国、浜岡藩の家臣だということが伏せられているような気がしたのは、思い過ごしだろうか。

「まずは、ご案内しましょう」

茂吉が、どぶ板の路地を奥へと先に立った。

「こちらです」

茂吉の案内で入ったのは、路地の左側にある棟の一番奥の家だった。

和助と茂吉は路地で待ち、又十郎ひとりが土間に立った。

一畳ほどの土間の一角に、小さな流し、その傍に竈と水瓶があり、土間の先に六畳の板張りがあって、片隅に一組の夜具が積んであった。

「布団も、流しの鍋釜や茶碗《ちゃわん》も、わたしどもで用意させていただきました」

「それはかたじけない」

又十郎は路地に出て、和助に軽く頭を下げた。

「長屋の住人とも顔つなぎをしていただきますが、いま時分はみんな仕事に出てましてねぇ」

茂吉が視線を巡らせた。

茂吉によれば、又十郎の隣りの家が飛脚の夫婦と娘の三人暮らしで、向かいの棟の針売りの女と川船の船頭、それに夜鳴き蕎麦《そば》屋の老夫婦が長屋の住人だった。

「あ、友三《ともぞう》さんはまだいるなぁ」

茂吉が、向かい側の棟に眼を止めた。

真ん中の家の庇の下に、『二八そば』と書かれた担ぎの屋台があった。

「友三さん」

屋台のある家の戸口で、茂吉が声を掛けた。

応答はなかったが、戸が中から開けられて、半白髪の男が顔を覗かせた。

「今日から富五郎《とみごろう》さんの隣りに住まわれる、香坂又十郎様だ」

茂吉が又十郎を指し示すと、こりゃぁ、と呟《つぶや》いた友三が、首に掛けていた手ぬぐいを取って頭を下げた。

いくぶん頬のこけた友三は、六十にも見えるが、案外五十代半ばなのかも知れない。

「おていさんの具合はどうだね」

茂吉が家の中の方に首を伸ばした。

「かかあは、ここんとこ具合はいいようで」

友三が返事をすると、

「大家さん、この前はおかみさんから甘いものをいただきまして」

家の中から、力のない女の声がした。

おそらく、友三の女房、おていだろう。

「わたしゃ支度がありますんで」

軽く会釈をすると、友三が家の中に戻った。

「こりゃ珍しい、『東華堂』の和助さんじゃありませんか」

若い女の声がして、物売りらしい装《な》りの女が、木戸の方から近づいてきた。

草鞋履きの足に脚絆《きやはん》をつけた女は、首から木箱を吊《つ》るし、白地に墨で『はり』と書かれた小さな幟《のぼり》を手にしていた。

「わたしどもの番頭さんのお知り合いが、今日からここの住人におなりでして」

和助が答えると、

「へぇ」

女が、又十郎に眼を転じた。

「空いてたところというと、あたしのお向かいに？」

「そうなんだよ」

女に返事をした茂吉が、すぐに又十郎を見て、

「この人が、香坂様の向かいのお由《よし》さんでして」

と、言い添えた。

「香坂又十郎と申す。以後、よしなに」

又十郎が律儀に挨拶をした。

「ご丁寧に恐れ入ります。あたしゃ、昼間は針売りをしてますが、夜ともなると、近くの居酒屋で酒飲みの相手をしてますから、気が向いたらおいでくださいまし」

笑みを投げかけると、お由は、又十郎の家の向かいの戸を開けた。

「わたしはこれで引き揚げますが、米や味噌《みそ》、醬油《しょうゆ》の類は、のちほど、『東華堂』の台所の女に届けさせますので」

「和助殿に、ちと聞きたいことがあるのだが」

又十郎の声に、茂吉と並んで木戸の方に行きかけた和助が立ち止まった。

「じゃ、わたしは」

茂吉が己の住まいに戻って行くとすぐ、

「わたしはここで、いったい何を、どうすればよいのだろうか」

又十郎が和助に問いかけた。

「立ち話もなんです、家に入りましょうか」

促されて家に入ると、框に腰を掛けた和助に勧められるまま、又十郎は板張りに上がって膝を揃えた。

「わたしどもはただ、浜岡藩江戸屋敷のご依頼で裏店をお使いいただき、何か御用があるときは、わたくしが香坂様にお伝えすることになっております。それまではのんびりとお過ごし下さいまし」

「のんびりと、と言われても」

「ただ」

又十郎のとまどいには気も留めず、

「浜岡藩の国元からいらしたことは、長屋の住人の前では口になさらない方がよろしいかと存じます」

声をひそめた和助が一礼して路地へ出た。腰高障子を閉めようとする和助に、そのままでと手真似《てまね》で制した。和助は腰をかがめると、これで、と言って木戸の方へと去って行った。

和助は丁寧な物言いをしたが、要するに、身分も、江戸入りの事情も〈秘せよ〉と、釘を刺されたのだった。

小さく唸《うな》った又十郎が板張りに体を横たえ、手枕に頭を乗せて、仰向《あおむ》けになった。

雨洩りがするのか、天井板にいくつもの染みがあった。

寝転んだ又十郎の耳に、『源七店』の外から、いくつもの音が届いた。

鏨《たがね》で鉄を叩《たた》くような音、鋸《のこ》を引く音、子供を叱る女の声――それらは『源七店』周辺に住む人々の暮らしの音だった。

それにしても、と、又十郎が腹の中で呟いた。

おれは、目に見えない網に搦《から》めとられているのではないか――このひと月の間にわが身に起きた出来事が、頭の中を駆け巡った。

討つべき数馬がこの地にいるということなのだろうか。

寝転んだまま顔を向けた又十郎の眼に、煮炊きの煙が西日に染まって路地を流れて行くのが見えた。

　夕刻になって、和助が口にしたとおり、『東華堂』の台所女中が米や味噌、醤油などを届けてくれたのだが、又十郎は夕餉を作る気が起きず、近くの飯屋に行くことにした。

『源七店』を出たところで、六つ（六時頃）の鐘を耳にした。

日暮れの表通りに、家路を急ぐ人の姿が目立っていた。

昼前に通った筋違御門の方へ足を向けた又十郎は、老爺に担がれた見覚えのある夜鳴き蕎麦の屋台に眼を止めると、足を速めた。

「これからかね」

屋台を担いだ友三に追いついた又十郎が、声を掛けた。

「へぇ」

　軽く頭を下げた友三が、

「香坂様は、これからどちらへ」

　又十郎に顔を向けた。

　大家の茂吉から聞いた、仲町《なかちょう》一丁目にある『たから屋』という飯屋に行くのだと返事をすると、

「その店の前を通りますから、お連れしますよ」

と、案内を買って出てくれた。

初対面の時は、愛想もなく、人付き合いを嫌う住人に見えたが、案外、気働きの出来る老爺かもしれない。

仲町一丁目の飯屋までは、ほんのわずかの距離だった。

いつも昌平橋《しょうへいばし》の北詰で商いをするという友三を見送って、又十郎は飯屋の暖簾を潜った。

飯屋で半刻（約一時間）以上も過ごした後『源七店』に戻ると、大家の茂吉の隣りの家と茂吉の向かいの家にも明かりが点いていたが、挨拶をするのを遠慮した又十郎は、家に入るや否や布団に潜り込んでしまった。


昨夜はぐっすりと眠ったので、今朝の目覚めは爽快だった。

久しぶりに深酒をしたせいかも知れない。

大坂から伏見を経、東海道を江戸へと向かう道中、泊まった旅籠はどこも相部屋で、寝不足の日々が続いていたのだが、昨夜は一人気ままに、心おきなく眠ることが出来た。そのお蔭《かげ》で、溜まっていた長旅の疲れまでほぐれたようだ。

日の出前に目覚めた又十郎は、火を熾し、飯を炊き、六つ半（七時頃）には、味噌を乗せた白飯に茶を掛けて、朝餉とした。

「今日は江戸の町を歩いて参る」

朝餉の後、出がけに茂吉に声を掛けると、江戸の名所や道筋の書かれた冊子を貸してくれた。

のんびり過ごせと口にした和助に従ったわけではなかった。

どれくらい滞在することになるか知れないが、少しでも江戸の土地に慣れておこうと思い立ったのだ。

『源七店』を出ると、真っ先に千代田城を目指した。

又十郎の足取りは軽やかだった。

日本橋、本石町《ほんこくちょう》の通りは、人や荷車の行き来で騒然としていた。

昨日通った時も、あまりの活気に圧倒されたが、車が行き交い、人が走り、川船の船頭たちの怒鳴り声まで混じって、朝の喧噪《けんそう》はまるで戦場のようである。

日の出から半刻しか経《た》っていなかったが、又十郎の背甲を刺している日射しに、夏の熱気がこもっていた。

外堀に架かる常盤橋《ときわばし》を渡り、大名屋敷の立ち並ぶ道をいくつか曲がったところで、

「おぉ」

思わず声を洩らして、又十郎の足が止まった。

千代田城の石垣や白壁、城壁の要所に建つ櫓《やぐら》が、朝日を浴びて眩《まばゆ》く輝いていた。

江戸名所細見の冊子を開いてみると、又十郎が立っているのは、播磨国《はりまのくに》、酒井雅楽《さかいうたの》頭《かみ》家のお屋敷近くの大手御門《おおてごもん》前の堀端だと思われる。

城壁の塀に遮られて、二の丸、本丸の様子を窺い知ることは出来ないが、内堀である大手堀や桔梗《ききょう》堀《ぼり》の幅や長さから、千代田城の全容は、想像をはるかに超える壮大な規模に違いない。

城壁と冊子を見比べながら歩き出した途端、又十郎はふと足を止めた。

向かいかけた方向に、『桜田門《さくらだもん》』とあるのを冊子の中に見つけた。

浜岡藩の江戸上屋敷がある外桜田は、『桜田門』から近い場所なのかもしれない。とすれば、行ってはならない方向だった。

浜岡藩江戸屋敷に近づいてはならぬ――大坂を発つ際、組目付頭の滝井伝七郎に命じられていた。

ふうと、小さく息を吐くと、又十郎は踵を返した。

四

行く手の左前方に、仏塔と伽藍《がらん》の大屋根が見えた。

江戸名所細見が正しければ、浅草寺《せんそうじ》に違いなかった。

そう確信して、又十郎が細見の冊子を懐に仕舞うと同時に、八つの鐘が鳴った。

朝のうちに千代田城の内堀を後にした又十郎は、一ツ橋御門《ひとつばしごもん》から神田小川町《おがわまち》界隈を歩き、御茶ノ水河岸《おちゃのみずがし》へ出ると、神田川に沿って東へと足を向けた。

湯島《ゆしま》の聖堂《せいどう》前を通り過ぎ、神田明神で参拝を済ませ、湯島天神社近くを北に進み、不忍池《しのばずのいけ》の南岸、池之端仲町《いけのはたなかちょう》へと出た頃、日は既に中天に昇っていた。

朝餉の茶漬けを二杯口にしただけで、昼まで歩き続けた又十郎の腹は空《す》いていた。

不忍池を望む蕎麦屋で、ゆっくりと昼餉を摂《と》ってから浅草を目指したのだった。

風雷神門《ふうらいじんもん》を潜って金竜山《きんりゅうざん》浅草寺の境内に足を踏み入れた又十郎は、息を飲んだ。

仁王門《におうもん》や本堂の壮大さに加え、多くの人出に圧倒されてしまった。

本堂の西側辺りは奥山《おくやま》と呼ばれて、芝居小屋、見世物小屋が人を集め、それを目当ての土産物屋、食べ物屋、水茶屋がひしめき合う、喧騒《けんそう》の坩堝《るつぼ》だった。

『喧嘩《けんか》だ喧嘩だ』という声も上がれば、別の場所からは『掏《す》りだ』と叫ぶ声もする。

そんな声が響き渡るたびに、物見高い野次馬たちが右へ左へと動いた。

「待ちやがれ！」

男の声がした直後、雑踏を掻《か》き分けて現れた遊び人風の若い男が、又十郎をかすめて駆け去った。

「田舎侍、邪魔だ。どけっ！」

若い男の後を追って来た三人のならず者の一人が、又十郎を睨《にら》みつけて駆け抜けた。

「待て」

又十郎が声を掛けたが、睨みつけたならず者は男を追って人混みに紛れた。

待てと声を掛けたのは、腹を立てたからではない。

石見国から来たことまでは知るまいが、一目見ただけで、田舎侍と言い当てたことに思わず感心してしまったのだ。

いったい、何をもって田舎侍だと分かったのか、そのわけを聞いてみたかった。

浅草寺境内は、建物の影が長く伸びる時刻になっても、喧騒が衰えることはなかった。むしろ、奥山には音曲《おんぎょく》が鳴り響き、仕事を終えた男どもの姿が多くなったような気がする。

浅草は夜になっても人が尽きることのない歓楽の町のようだが、又十郎は『源七店』に引き揚げることにした。

風雷神門を潜って広小路《ひろこうじ》に出ると、そのまま突っ切って、風雷神門広小路の通りに入って行った。

料理屋や蕎麦屋、菓子屋などが軒を並べる通りを進んでいた又十郎が、ふっと足を止めた。

小間物屋《こまもの》の店先に、千代紙や人形などとともに並んでいる簪《かんざし》、櫛《くし》に眼が行った。昨年の正月、万寿栄とお宮参りをした帰途、浜岡川近くの小間物屋で櫛を買ってやったことを思い出した。

「馬にしてはかわいらしいこと」

万寿栄が気に入った櫛には、その年の干支である午《うま》にちなんで、馬の図柄が描かれていた。

一年以上も前のことだが、まるで昨日のことのように思い出された。

吹っ切るように小間物屋の前を後にすると、又十郎は家並みの影が道幅の半分以上に伸びた通りを大川《おおかわ》の方に進んだ。

大川に沿って下り、神田川を西へ向かえば神田八軒町に行きつけることは、江戸名所細見の冊子を見て分かっていた。

大川端の駒形堂《こまがたどう》を左に見た又十郎は、駒形河岸から諏訪町《すわちよう》河岸《がし》へと川沿いの道を下流へと向かった。

ところが、川沿いの道が浅草御蔵《おくら》の手前で右に曲がり、御蔵前の通りに出たあたりで、進むべき道に迷いが出た。

路傍に立ち止まって懐に手を差し入れた又十郎は、思わずうろたえた。

背中の方まで手をまわしてみたが、江戸名所細見の冊子がなかった。

浅草寺の雑踏を動き回るうちに落としたのかもしれない。

とにかく大川を下り、神田川にぶつかったら日の沈む方角に曲がるしかない――又十郎はため息をついた。

浅草御蔵を過ぎたあたりで、左へと曲がる道があり、その先が大川へと延びていた。

大川沿いを下りさえすれば神田川に突き当たるはずだ――そう信じて、又十郎は川沿いの道を急いだ。

小さな堀を一つ渡った先に柳の植わった川があり、小ぶりな橋が架かっていた。

又十郎はその橋を渡った。

渡った先をほんのわずか進むと、浅草で見たような雑踏が目の前に広がった。

大きな橋の袂《たもと》の広小路に、芝居小屋、見世物小屋、食べ物屋、飲み屋をはじめ、植木屋、小間物屋などの小屋がならび、多くの人々が行き交っていた。

黄昏《たそがれ》の迫る時刻ではあったが、料理屋などの提灯《ちょうちん》、小屋掛けの店の行灯《あんどん》の明かりが眩く輝いていた。

橋の欄干に『りやうこくはし』の文字が見えた。

「道を尋ねるが、神田八軒町へはどう行けばよいだろう」

又十郎が、橋の袂の柳の木に凭れていた若い男に声を掛けた。

「神田八軒町ね」

口に挟んでいた柳の葉を取った若い男が、頭から足元へと、値踏みするように又十郎を見た。

将棋の駒を大柄にあしらった図柄の着物や、総髪の頭からすると、お店者ではない。

「その先に柳橋《やなぎばし》って橋が架かってるのが、神田川だ。その川沿いを左に行けば、柳原《やなぎわら》の土手だ。浅草御門、新シ橋《あたらばし》を過ぎて、和泉橋《いずみばし》を向こう側に渡ったところが佐久間河岸。神田八軒町はそのあたりだよ」

若い男の言う柳橋は、さっき又十郎が渡った小さな橋だった。神田川を渡ったのに気付かなかったらしい。

「相済まぬ」

軽く頭を下げて行きかけると、

「教え賃《ちん》を貰《もら》いたいねぇ」

若い男が口元に笑みを浮かべた。

「些少《さしょう》だが」

懐から巾着を出して、又十郎が二十文（約五百円）を差し出した。

「お侍、江戸は初めてのようだね」

「さよう」

小さく頷くと、又十郎は教えられた方へと引き返した。

又十郎は、神田川の南岸の柳原道を西へと向かっていた。

西の空の残照もすっかり消えて、半町先を行く人の姿は、薄ぼんやりとした影にしか見えない。

新シ橋の袂を過ぎたところで、背後から何人かの慌ただしい足音が近づいて来るのに気づいた。

振り向くと、裾を翻してやってくる三人の男の影が眼に入った。

一人の男の着物の柄は将棋の駒で、両国橋で道を教えてくれた若い男のものだった。

「追いついたよぉ」

又十郎に道を教えた若い男が、連れの男二人に笑みを向けた。

「なにか用かな」

又十郎が男たちに声を掛けた。

「こいつが道を教えたら、たったの二十文だというじゃねぇか」

坊主頭の男が、片頬を動かして笑った。

「俺たちは、道を教えたら二両（約二十万円）は頂くことになってるんだよ」

左の袖をまくった男が、坊主頭の男の横で腕の彫り物を見せた。

「ないなんてことは言わせないよ。さっき、あんたの巾着が、じゃらりと重そうな音を立てたのを俺は聞いたんだよ」

道を教えてくれた男が、薄笑いを浮かべた。

どうやら、強請《ゆすり》たかりをなんとも思わない相手に道を尋ねてしまったようだ。

「道案内に、二両は出せぬな」

又十郎が静かに口を開いた。

三人の男が、一斉に匕首《あいくち》を引き抜いた。

「お侍、怪我《けが》をしたくなかったら言うことを聞いた方がいいぜ」

道を教えた男が、宥《なだ》めすかすような口を利いた。

「いや。刃物を向けられたなら、こちらも刃物を抜くしかない」

又十郎が、脇差を抜いた。

「おいおい。短いので俺たちとやり合う気かよ」

坊主頭が、又十郎に挑むような眼を向けた。

「食うために、命のやり取りをして生きて来た俺たちだぁ、めったに刀を抜いたことのねぇ侍の剣法なんぞくそくらえだよっ！」

彫り物の男が、いきなり匕首を又十郎の腹へと突き出した。

匕首が腹に届く寸前に体を躱《かわ》した又十郎が、峰に返した脇差を彫り物の男の右腕に叩き入れた。

肉を打つ鈍い音がして、男の手から匕首が離れて地面に転がった。

「へぇ、まるで鮎《あゆ》がはねたのかと思いましたよ。鮮やかな身のこなしですねぇ。こんな喧嘩を見るのは久しぶりだぁ」

笑い混じりの声がして、小路の暗がりから、白っぽい着物の女が下駄の音をさせて現れた。

「あら、あなた様は」

又十郎を見てそう口にしたのは、『源七店』の住人、お由だった。

「旦那、ここで斬り殺しちゃ、面倒なことになりますよ」

「なにも、事を荒立てるつもりはないのだ」

お由にやんわりと返事をした又十郎が、男たちに切っ先を向けた。

ギクリと身を固くして、二、三歩後退《あとじさ》った男三人は、背中を向けて一斉に駆け去った。

「いったい、何事ですか」

刀を収めた又十郎に、お由が問いかけた。

又十郎が両国橋で道を尋ねてからのいきさつを話すと、

「それじゃ、『源七店』までわたしがお送りしますよ」

「いや。ここまで来れば、わたしにも道は分かります」

又十郎が遠慮すると、湯屋帰りだというお由は、一旦『源七店』に戻ってから居酒屋に働きに出るのだという。

「神田八軒町の近くにも湯屋はあるのだが、

「豊島町《としまちょう》の湯屋の湯加減が、わたしには合うんですよ」

と、出て来た小路の方を指さして、お由が笑った。

又十郎とお由が、並んで和泉橋を渡った。

「お由どのは、喧嘩を見るのに慣れておいでかな。いや、刃物を抜いた連中を前にして、平然としていたようだ」

「あぁ」

と、お由が小さく笑みを浮かべると、

「江戸じゃ、街中での喧嘩は珍しくはありませんのさ。侍同士、ごろつき同士が、意地を張って刀を抜いたり匕首を抜いたりね。居酒屋で働いてますと、酔っ払いの刃物三昧《ざんまい》もありますから、いちいち驚いてちゃこっちの身が持ちません」

そう言って、ふふと鼻で笑った。

又十郎は、人通りの絶えた神田松永町《まつながちょう》の角を、お由に続いて左へと折れた。

『源七店』の路地に雨が降っていた。

時刻は四つをほんの少し過ぎた時分だが、家の中は日暮れたように薄暗い。

昨日の朝から降り出した雨は、昼間、激しく降ったり止んだりを繰り返して閉口したが、昨夜のうちに雨脚は衰えて、朝方から霧雨になっていた。

又十郎が、金を強請り取ろうとした三人の男たちを、柳原土手で追い払ったのは、一昨日のことだった。

昨日の雨で、丸一日『源七店』に閉じこめられ、今日もまた家の中というのは気が滅入る――土間の、開けてあった窓の向こうに降る雨を眺めながら、手枕をした又十郎がため息をついた。

住人の誰かが火を熾しているのか、焚き木《たぎ》の煙が霧雨と混じり合って路地を流れていった。

船頭をしているという男や針売りのお由は仕事にならず、外に出た様子はなかったが、飛脚を生業《なりわい》にしている隣家の富五郎と、通い奉公をしているという娘は、明け六つの鐘が鳴ると同時に、昨日も今日も『源七店』を出て行った。

「行っといで」

二人を送り出すおかみさんの声を、又十郎は耳にしていた。

雨さえ上がれば己の仕事に戻れる船頭やお由が、今の又十郎には羨ましく思えた。

「よしっ」

声をあげて又十郎が、体を起こした。

大小の刀を腰に差すと、菅笠を手にして土間の草履に足を通した。

路地に出て顔を上げたが、着物が濡れるような雨勢《うせい》ではなかった。


霧雨の中『源七店』を出た又十郎は、日本橋の蠟燭屋『東華堂』へと急いだ。

逸《はや》るように歩いたせいか、四半刻（約三十分）足らずで『東華堂』の母屋に着いた。

「手代の和助どのに会いたい」

台所に顔を出した又十郎が、女中に取次ぎを頼んだ。

台所の外でほんのしばらく待っていると、

「香坂様、困ります。店には近づかれぬように申し上げたつもりですが」

台所から慌ただしく出て来た和助が、困惑した顔を向けた。

「用があれば知らせに来るというから待っていたが、今日までなんの音沙汰もない。この江戸でなすべき用がないのなら、早々に国元へ立ち帰りたいのだが」

又十郎が、この一両日胸に抱えていた思いを吐き出すと、

「そのようなこと、わたしには返答出来かねます。しばらく、しばらくお待ちを」

うろたえた和助から、浜岡藩の江戸屋敷に話を通すので、いましばらく待つようにと宥められて、又十郎は一旦『源七店』へと引き返した。

「今から、ご案内いたします」

和助が又十郎を迎えに来たのは、雨が上がり、八つの鐘が鳴る少し前だった。

どこへ行くのか尋ねもしなかったし、和助もどこへ行くとも言わなかったが、湯島から坂道を上り始めた時、行先は本郷《ほんごう》の方だろうと推測出来た。

加賀前田《かがまえだ》家の江戸上屋敷を通り過ぎてしばらく歩くと、本郷の往還から右へ延びた小路へと和助が入った。

小路の角を二つ曲がった先に、小さな寺院があった。

『玉蓮院《ぎよくれんいん》』と記された掛け板のある山門の中に、和助が又十郎を導いた。

「香坂様でございます」

又十郎を庫裏に案内した和助が囁《ささや》くと、応対に出た若い僧侶が頷いた。

和助は又十郎に一礼すると、庫裏から出て行った。

「こちらへ」

先に立った若い僧侶が、庫裏の廊下を二度ばかり曲がって、一間半（約二・七メートル）ほどの渡り廊下の先にある離れの一室に又十郎を案内した。

畳に膝を揃えた又十郎の鼻が、煙草《たばこ》の匂《にお》いを嗅いだ。

「開けておくれ」

外から男の声がして、若い僧侶が部屋の奥の障子を開けた。

羽織の背を向けて縁《えん》に胡坐《あぐら》をかいていた武士が、煙草の煙を吐き出して、煙草盆《たばこぼん》に煙管《きせる》の灰を落とした。

「御用の折はお声を」

武士の背に声を掛けて、若い僧侶は離れの一室から出て行った。

背を向けていた武士が、胡坐をかいたままゆっくりと体を回した。

「随分と待たせたようで、済まぬな」

静かな声を又十郎に向けた武士が、頰骨の張った顔に邪気のない笑みを浮かべた。

「は」

又十郎は戸惑ったまま、上体を少し前に倒した。

「浜岡藩江戸屋敷の目付、嶋尾《しまお》久作《きゅうさく》だよ」

武士が、笑みを浮かべたまま、人差し指を己の鼻先に向けた。

笑み混じりの嶋尾久作の声は静かだったが、よく通る重厚な響きがあった。

年は、四十を一つ二つ越したくらいだろうか。

「それがしは」

「知ってるよ」

嶋尾久作が、名乗りかけた又十郎の声を遮った。

「国元の御前試合で、十人抜きをした香坂又十郎の名は、江戸屋敷にも聞こえていてね。当家は今、おぬしのその腕を借りねばならぬ窮地にあるのだよ」

嶋尾久作が、笑みの消えた眼を又十郎に向けた。

五

離れは、日が暮れたように薄暗かった。

本郷の台地から東側に下る斜面に建つ『玉蓮院』は、本郷の往還辺りに立ち並ぶ寺社や大名屋敷に遮られて、日暮れ前から日が翳《かげ》るようだ。

だが、庭の高木の梢《こずえ》が西日を受けて、その照り返しがほんの少し、縁側の障子を染めていた。

離れは六畳ほどの広さだった。渡り廊下側に座った又十郎の右前方に床の間があり、その上部に丸窓があった。

「ご公儀の財政の悪化。これは、思いのほかひどいものでね」

縁側を立って部屋に入った嶋尾久作は、障子を閉めると又十郎の向かいに座るなり、くだけた物言いをした。

「は」

返事のしようもなく、又十郎は曖昧な声を洩らした。

「江戸大坂の名だたる商人から借りている金も、返すすべも見つからぬと聞く。それでまぁ、江戸幕府開闢《かいびやく》当初に断行した諸国のお家潰しに、またしても躍起になっているらしい」

嶋尾が口にする話の意図が分からず、又十郎は押し黙って聞いていた。

「藩内に乱れがなければ、些細《ささい》なことに言いがかりをつけたり、作為をもって藩政に綻《ほころ》びを生じさせ、乱れを作るという、陰湿かつ悪質な手口を用いるとの噂《うわさ》があってね。それでまぁ、浜岡藩としては、ご公儀に言いがかりをつけられぬよう、寸分の隙をも見せてはならぬのだよ」

そう言った嶋尾が、いささか芝居じみたようにため息をついた。

公儀が近年、諸国の大名家の藩政や藩内の乱れを見つけては、改易《かいえき》、お家の取り潰しを敢行しているという話は、先月、国元の奉行所同心、山本《やまもと》から聞いたばかりだった。

「たとえ相手が徳川家の縁戚であるご家門《かもん》であろうと、ご公儀はこれまでも容赦なくお取り潰しなされたゆえなぁ」

嶋尾が片手で、つるりと頬を撫《な》でた。

「浜岡藩になにか、言いがかりを受けるようなものがあるのでしょうか」

又十郎が、遠慮がちに問いかけた。

「それがさぁ」

ため息混じりで口にしかけた嶋尾が、ふと言葉を飲んで、

「又十郎、お前さんには、まったく心当たりはないのかい？」

探るように又十郎の顔色を見た。

「詳しくは存じませんが、国元を発つ前日、大目付、平岩様から、家老の本田《ほんだ》様を内心面白く思われぬ人物がお出でになるとか、藩政の改革を標榜する若い藩士らがいるとかいう話は伺いました」

又十郎は落ち着いて、そう返答をした。

「実は、藩内には密かに、確執がある」

さらりと言ってのけた嶋尾が、さらに話を続けた。

嶋尾が言う確執は、浜岡藩の藩政に携わる重臣内のいざこざのことだった。

慎重に言葉を選びながら嶋尾が話したのは、国元を発つ前に又十郎が推測したこととほぼ同じで、浜岡藩生え抜きの家柄と、先々代の藩主、照政《てるまさ》と共に上州《じょうしゅう》から浜岡につき従って来た家来の間に、いつの間にか軋《きし》みが生じているという内容だった。

「農業、漁業、林業を財政の基礎とする生え抜き派にすれば、廻船問屋と手を携えて商いを広げ、藩の財政を立て直した上州派が藩政を我が物にしていると映るのも無理はない。商人と組んで私腹を肥やしているとまで口にする御仁《ごじん》もいるが、それはたわ

ごとだよ」

穏やかな口調だった嶋尾が、珍しく吐き捨てた。

二年前、藩主、忠熙公が老中に就いてからというもの、勘定方はやりくりに頭を悩ませているという。

老中職ともなれば、諸方から金品を贈られるが、出るのも多い。

他の老中はじめ、若年寄職との付き合い、将軍への献上物、大奥への贈り物などに甚大な費用が掛かる。

万一、老中職である忠熙を、将軍が私的に訪ねることになれば、上屋敷の修繕、改築費も莫大《ばくだい》に必要となる。

「農業、林業では、金を得るまでに時が掛かりすぎる。天候に負けるということもある。膨大な出費を賄うには、船を用いての交易が最適なのだ。それを、浜岡生え抜きのどなたかが、本田様を筆頭とする上州派を追い落とそうと若者をそそのかして、藩政の改革という看板を掲げさせているのさ」

腕組みをした嶋尾が、そう断じた。

「嘆かわしいことに、藩政への不信やら不満を口にする藩士が、国元にも江戸にもいるらしい。それらはまだボウフラのごとく頼りないものだが、やがて羽を付け、蚊に成長して飛び立つとなると厄介だ。浜岡藩松平《まつだいら》家の存立を危うくする虫になる前に、潰したいのだよ」

物言いは砕けていたが、嶋尾の眼に厳しさがあった。

「その、虫の一匹が、兵藤数馬だと申されるのですね」

又十郎の声がかすれた。

「ところが、ただの虫と言えぬところが悩ましい」

嶋尾が、ふうと、細く息を吐いた。

「兵藤数馬は、藩校、道心館《どうしんかん》始まって以来の秀才だと聞く。そのような人物がよからぬ者どもと図り、ことを起こそうと、あちこち立ち回られてはお家の存続を危うくする」

「数馬がまさかそのようなことを」

又十郎が言いかけると、

「国元の祐筆《ゆうひつ》山中小市郎《やまなかこいちろう》の妹を嫁にするという噂が江戸にも届いている」

嶋尾が穏やかな声をかぶせた。

「その方の義弟と山中小市郎は幼馴染《おさななじみ》という。その妹と祝言ともなれば」

そこまで言いかけた嶋尾が、突然、言葉を切った。

やはり――思わず声を出しかけて、又十郎は飲み込んだ。

数馬が山中小市郎の妹と夫婦になれば、山中家と親戚の馬淵《まぶち》家とも縁戚関係となる。

『なにせ、小菊《こぎく》様を嫁に迎えますと、兵藤家と山中様とは縁戚となります。となると、山中家と縁戚関係にある馬淵家とも縁がつながることに、父は、畏れと期待を抱いておりまして』

そう言って困惑の笑みを浮かべた万寿栄の顔が胸中によみがえった。

浜岡藩の中枢を固める上州派は、藩の創始以来土地に根付く、馬淵、山中など生え抜きの名家が連携、結託することに危機感を抱いているのではないかと、又十郎は感じ取った。

殿の参勤の供で江戸に向かう鏑木道場の門人と浜岡浦で酒杯をあげた夜、紺屋町《こうやまち》で覆面の侍数人に刀を向けられていた数馬と小市郎のことが頭を過《よぎ》った。

その時、物取りの仕業だろうというふうに答えたが、藩内の対立の一端だということに気付いていた数馬は、又十郎を笑顔で誤魔化したのではあるまいか。

「ともかく、その方には難儀なことを頼まねばならぬ」

話を変えた嶋尾が、立ち上がって庭の障子を細目に開けた。

「義弟を討ち取る前に、なんとか、国元と江戸の同志の名を聞き出せぬものかな」

藩政改革を口にする同志がどこの誰か、取り締まる側にも、そのすべてに目星がついているわけではないようだ。

手の者が前々から探ってはいるが、実体は杳《よう》として摑めないのだと嶋尾が嘆いた。

「その方の義弟が江戸に入ったなら、必ずや同志と連絡をとるだろうし、密かに寄り合うはずなのだ」

「もし、数馬が同志の名を口にすれば、助命となりましょうか」

又十郎が、嶋尾の顔に眼を凝らした。

表情を変えず見返していた嶋尾が、

「兵藤数馬は、身内のそなたに頼まれれば、助命欲しさに同志の名を吐くような男かね」

静かに口を開いた。

「いいえ」

又十郎は、迷わず首を横に振った。

「ならば、見つけ次第、謀反人として即刻討つしかないなぁ。何も難しいことではあるまい。同心頭として、何人もの罪人の首を刎《は》ねて来たその方の務めと、まさに同じではないか」

淡々と口にした嶋尾が、障子を閉めた。

「しかし、刑場の罪人とは違い、兵藤数馬なら剣を抜きます」

「剣の腕前は、その方に劣らぬとも聞く」

嶋尾の物言いは静かだが、それがかえって又十郎をビクリとさせた。

数馬追討の命令から、江戸下りまで、又十郎はすべて、嶋尾の計算通りに動かされていたのではなかったか。

障子からは、かすかに映っていた西日の色がすっかり消えていた。

「来ているか」

嶋尾が声を発すると、「は」と返事があって、座した又十郎の右手の襖《ふすま》が開いた。

廊下に座していた、袴をつけた侍が膝を進めて部屋に入り、嶋尾に軽く頭を下げた。

侍が座っていた細い廊下の向こうは畳二畳ほどの土間になっており、竈が見えた。

「伊庭精吾《いばせいご》という、江戸屋敷の横目頭《よこめがしら》よ」

入って来た侍を、又十郎に眼で指し示して嶋尾が低い声で言った。

横目は、お家の家臣の行動を監視し、反逆、不正などを摘発する、国元の組目付と同じ役目だった。

「こののち、わしからの密命は、伊庭かその配下の者がその方に伝えることになる」

嶋尾が言い添えた。

又十郎に小さく会釈した伊庭精吾は、殻を剝《む》いたゆで卵のようにつるりと白く、どこかで見た、目の細い役者絵の顔に似ていた。

「江戸屋敷に横目がお出でなら、謀反人の始末ぐらい、それがしを用いるほどのことはないと存じますが」

又十郎が、嶋尾久作の真意を測ろうと、遜《へりくだ》った物言いをした。

「ん」

小さな声を出した嶋尾が、立ち上がって腰を伸ばし、拳で軽く叩いた。

「伊庭をはじめ、どのような配下がどのように動いているか、江戸屋敷の動きには、すでに公儀の眼が向けられていると見た方がよい。もはや、迂闊《うかつ》には動けんのだ。公儀の密偵に顔を知られておらん者が、なんとしても欲しかった」

傍にしゃがみこんだ嶋尾が、とんとんと、又十郎の肩を軽く手で叩いた。

「従って、その方は決して江戸藩邸に近づいてはならぬ。国元のご妻女、親戚にも、江戸に居ることを知られてはなるまい」

又十郎の耳元で囁くと、嶋尾がもとの場所に座った。

「早速だが、その方には、これより伊庭と共に品川に行ってもらう」

「品川に、謀反人、兵藤数馬が居るのでしょうか」

気負いこんだ又十郎が、思わず嶋尾の方に身を乗り出した。

「それとは別の案件だが、人を一人、始末してもらいたい」

嶋尾がさらりと言ってのけた。

「否やはございませんが、その事情をお伺いしとうございます」

「お主は、命じられたことをし遂げればよいのだ」

体を捻《ひね》った伊庭精吾が、低い声で又十郎を諌《いさ》めた。

「事情が分からぬでは、当方の腹の据え方が違います。刑人の首を刎ねる時も、その者の罪状、姓名を知ったうえで刀を振り下ろして参りました。罪科を知らぬまま、人ひとりの命など奪えませぬ」

又十郎は、嶋尾を凝視した。

「なるほど」

呟いた嶋尾が、伊庭に顔を向けて、小さく頷いた。

高輪南町には浜岡藩の蔵屋敷があり、そこから一町（約百九メートル）ほど西の北品川宿に『備中屋』の出店と蔵があると、伊庭が話し始めた。

この三か月ばかり、『備中屋』の船着き場近くの蔵を、昼夜の別なく密かに窺う者がいるという。

職人風だったり、物売り姿だったりと、三人ばかりの男女が入れ替わり立ち替わり姿を変えて現れるようだ。

「押込みの下調べでしょうか」

又十郎は、以前国元で、下調べをしたうえで押込んだ盗賊を捕えたことを思い出した。

「いいや」

伊庭が、首を横に振ると、

「『備中屋』の蔵にご禁制の品物をしのばせるためだ」

「え」

又十郎は眉をひそめたが、伊庭が続けた。

「そのうえで、蔵改めに入った公儀の役人が、何者かがしのばせておいたご禁制の品をみつけるという手はずなのだ。そうなると、『備中屋』は無論のこと、浜岡藩にもなんらかのお咎《とが》めが下る」

「最悪は、お家お取り潰しだよ」

伊庭の話を引き継いだ嶋尾が、ぽつりと口にした。

公儀が、そのように陰湿な、しかも卑劣な手段で大名家を陥れようとしていることが、又十郎には信じがたいことであった。

「信じられぬという顔をしているな」

「いえ」

又十郎の声は小さかった。

「国元で二月の末、お主が見つけた水主《かこ》の死骸は、『備中屋』の船に紛れ込んだ公儀の密偵だ。それに気付いて、船乗りが海に落とした」

伊庭の話に、あっと、声もなく又十郎が口を開けた。

密偵が死骸となって奉行所に見つかったことで、仏具屋を営んでいた密偵たちが浜岡から引き揚げたのだと、伊庭は断じた。

「国元の出来事は、そうだな、五日もあれば江戸のわたしの耳に届くようになっている。国元の藩士の中に、死骸の身元に不審を抱く者がいるとか、死骸そのものに不審を抱く同心がいることも、すぐに届いたよ」

小さく微笑《ほほえ》んだ嶋尾が、さらに問いかけた。

「なにゆえ、水主の死骸に不審を抱いたのかね」

又十郎は、身形《みなり》も体格も水主に見えた死骸の肩と手に、見知った水主にはある胼胝《たこ》がほとんどなかったことや、刃物による脇腹の傷口のことを打ち明けた。

「密偵を船から投げ捨てたのも、その船の水主が同じような発見をしたのかも知れぬ」

嶋尾が細く息を吐いた。

又十郎は、息の詰まる思いがした。

「これが、ご公儀のなされようとはわしには思えぬ。どうも、ご公儀の名を借りたどなたかの策謀のような気がしないでもないのだよ」

又十郎の疑念を感じ取ったかのように、嶋尾がため息混じりに嘆いた。そしてすぐ、

「たとえば、ご老中のどなたか」

と、声をひそめた。

現在、老中職に就いているのは、丹波篠山藩主《たんばささやま》、青山下野守《あおやましもつけのかみ》、小田原《おだわら》の大久保加《おおくぼか》賀守《がのかみ》、丹後宮津《たんごみやづ》の本庄伯耆守《ほんじょうほうきのかみ》、浜松の水野越前守忠邦《みずのえちぜんのかみただくに》、三河西尾《みかわにしお》の松平和泉守、それに浜岡藩主、松平忠熙の六人だった。

しかし、数が六人にも上ると、性格も思いも様々で、好き嫌いによる軋みも生じるし、老中の中で政策の異見も露呈する。

「そうなると、権勢を掌握せんものと、中傷、讒言《ざんげん》が飛び交い、わが忠熙公の追い落としを図るようなことを、どこの誰とは言えぬが、なされぬとは言い切れぬ。将軍家お膝元におれば、日々、そのようなことにも気を回さねばならぬゆえ、頭が痛いのだよ。香坂又十郎、くれぐれも藩の安泰のためじゃ。その方の力を貸してもらいたい。この通りだ」

嶋尾久作が、又十郎に向かって手を合わせた。

又十郎は思わず畳に手を突いた。

物言いも、手の合わせ方も大げさで、どこか芝居じみていたが、目付という藩の重職にある嶋尾が、禄高五十石に満たない下級の家臣に手を合わせるという熱意を、又十郎は汲み取らざるを得なかった。

又十郎は、波の音で目が覚めた。

大して大きな音ではなかったが、穏やかに、規則正しく打ち寄せる波音が心地よく、すっきりと目覚めた。

部屋の障子を開けると、白々と明けていく品川の海が眼下に望めた。

又十郎が、伊庭精吾に連れられて旅籠に入ったのは、嶋尾久作と対面した昨夜だった。

伊庭は、配下と共に浜岡藩の蔵屋敷や『備中屋』の蔵を見張ると言って去り、又十郎ひとりが旅籠に残っていた。

東海道の要所にある品川宿は早発《はやだ》ちの泊まり客が多く、旅籠は朝の暗いうちから慌ただしかった。

「お客さんは、どこにもお出かけにならないのですか」

朝餉の器などを片づけていた旅籠の下女が、又十郎に声を掛けた。

「ん」

又十郎の口から、曖昧な声が出た。

『知らせが来るまで、宿を出てはならぬ』

又十郎は昨夜、伊庭にそう命じられていた。

「日が昇った品川の海辺を歩けば、気持ちがいいよ。御殿山《ごてんやま》に上れば、海の向こうに安房《あわ》や上総《かずさ》も見えるんだ」

そう言って部屋を出ていった下女の言葉に、又十郎はついその気になった。のんびり海辺を歩くなど、浜岡を出て以来、久しくなかったことだ。

又十郎は刀を摑むと、部屋を出た。

「どちらに行かれます」

階段を降りかけた又十郎の背中に、声が掛かった。

又十郎が泊まった部屋の隣りから出て来た男が、

「伊庭様から、出てはならぬと命じられたはずですが」

又十郎にぴたりと身を寄せ、耳元で囁いた。

小さく頷いた又十郎が部屋に戻ると、旅商人《たびあきんど》の装りをした二十代半ばの男も隣りの部屋に入った。

誰かが又十郎を監視しているに違いなかった。

その日、又十郎は日が沈むまで部屋に閉じこもった。

「わたしに付いて来ていただきます」

隣りの男が又十郎に声を掛けたのは、旅籠が静かになりはじめる五つ時分だった。

「お楽しみですな」

品川の遊郭に出かけると勘違いした番頭の声に送られて、又十郎は、男に続いて宿の通りへと出た。

高輪の方へ一町ばかり進んだところで、男が、通りの右側にある稲荷社の敷地に入り込んだ。

数本の幟の立った祠《ほこら》の暗がりから、一つの影が出て来た。

微かに届く通りの明かりが、伊庭精吾の顔を浮かび上がらせた。

「いつでも取り掛かれるように、支度をしてここで待つ」

伊庭が抑揚のない声で囁くと、旅籠から案内した男が、又十郎に黒っぽい手ぬぐいを差し出した。

「月代《さかやき》と顔は、念のために隠せ」

伊庭に言われて、又十郎は受け取った手ぬぐいを懐にねじ込んだ。

「これだけの手下が動いているなら、なにもそれがしが」

言いかけた又十郎の口を止めるように、伊庭が掌をぐいと向けた。

「横目数名で襲った方が確実かも知れん。だが、万一ということもある。取り逃がせば、相手方に、当家の横目が動いていると知られることになる。それではのちのち困る。敵の密偵殺しは、あくまで街中での諍《いさか》い、喧嘩騒ぎの果ての刃傷沙汰で片づけねばならぬ」

「なにゆえ、わたしなのか」

「密偵には、同じような務めをしている敵の横目や目付の匂いが分かるのよ。蛇の道は蛇というだろう。その点、お主にゃ、その匂いはない」

半刻が過ぎた頃、通りの方から、人影がゆっくりと入って来た。

「何度か見かけたことのある男が『備中屋』近くに現れました」

左官の半纏《はんてん》を着た三十ばかりの男が、伊庭に告げた。

「団平《だんぺい》、香坂殿を案内せよ」

伊庭が、左官の半纏を着た男に小声で命じた。

『備中屋』の出店は北品川の表通りに面していたが、蔵は、海辺近くに三棟並んでいた。

蔵と蔵の間の暗がりに潜んだ又十郎が、黒っぽい手ぬぐいで頬被りをした。

「棒手振りの装りをした男です」

様子を見に行っていた団平が戻って来て、囁いた。

頷いた又十郎が眼を左右に巡らせると、蔵の一つを見上げている人影があった。

人影は天秤棒《てんびんぼう》に空の桶《おけ》を二つ重ねて肩に担いだ物売りの男だったが、近づく又十郎に気付くと、背を向けて高輪の方へと歩き出した。

又十郎は、男の後をゆっくりと付けた。

それを知ってか知らずか、棒手振りは急ぐことなく歩み、品川二丁目と三丁目の間の道を左へと曲がった。

先を行っていた男が、突き当たりの所で道なりに右に直角に折れた。

又十郎が足を速めて、右へ曲がった時、

「何か」

天秤棒を肩にした男が、木立の蔭から現れて低く鋭い声を発した。

「金を恵んでくれ」

又十郎が、ぞんざいな物言いをした。

「やるような金はねぇよ」

「懐に少しはあるだろう」

「ねぇよ」

「その桶の中に、売り物の残りがありそうだ」

又十郎が、天秤棒から下がった二つの木桶を指さした。

仕方ないという素振りを見せた棒手振りが、木桶を地面に置いて蓋を取った。

木桶の一つに、両掌に載るくらいの布袋が二つあった。

又十郎が、手を布袋に伸ばした刹那、物売りが、天秤棒に仕込まれてあったか、刀を抜き放つのを眼の端で捉えた。

体を反転させて飛びのいた又十郎の着物の袖を、仕込みの刀が鋭く裂いた。

棒手振りはかなりの使い手だった。盗人、ごろつきの技量などではなく、しかるべき鍛錬を重ねた剣術と又十郎は見た。

抜刀した又十郎が切っ先を向けると、

「お前《め》ぇ、ただの物取り浪人じゃねぇな」

吐き捨てた男が、いきなり背を向けて駆け出した。

『逃がしてはならぬ』

伊庭から厳命されていた又十郎は脇差を抜くと、闇に紛れていく男の影に向かって投げた。

うっと、男のくぐもった声がして、すぐ、かしゃんと、脇差が地面に落ちる音がした。

駆け付ける又十郎の行く手に、片足を引きずって逃げる男の背中が迫っていた。

シュッ！　と、風を切る音がして、男が片足立ちのまま反転して仕込みの刀を横に薙《な》いだ。

ガギッ、すんでのところで受け止めた又十郎が、相手の仕込み刀を上方に払い上げると、己の刀をそのまま男の肩口から首に向けて振り下ろした。

肉を裂き、骨を砕く鈍い音がして、男は首から血を噴き出しながら、ドォッとうつ伏せに倒れた。

男の命はほどなく尽きるはずだ。

確かめるまでもない。又十郎はその場を急ぎ離れた。


夏の陽気に包まれた『源七店』の木戸を潜った時、日本橋の時の鐘が聞こえ始めた。

四つの鐘である。

長屋にもどった翌日、土間の竈で火を熾していると、納豆売りに身をやつした団平が又十郎の家の戸口に立ち、

「すぐに、和泉橋にお出でください」

それだけ言うと、急ぎ立ち去った。

『源七店』を出た又十郎は、四つの鐘が鳴り終わって間もなく、神田川に架かる和泉橋の袂《たもと》に着いた。

橋の真ん中に立って川面を眺めていた浪人風の侍が、菅笠を持ち上げて、又十郎に顔を向けた。

「昨夜は見事。嶋尾様が、お主にそう伝えよと仰せであった」

伊庭精吾だった。

抑揚のない声を掛けた伊庭が、袂から出した小さな紙包みを差し出した。

「昨夜の棒手振りは、どうなったので？」

受け取った紙包みを袂にねじ込みながら、又十郎が聞いた。

「あれから間もなく、通りがかりの者が、慌てふためいて番所に駆け込んだ」

伊庭の言によると、棒手振りは金目当ての辻斬《つじぎ》りに遭ったというのが、奉行所の役人や目明かしの見立てだった。

棒手振りの木桶の中の布袋には、ご禁制の品物があったが、それらは、目明かしが駆け付ける前に伊庭の配下が持ち去ったという。

「嶋尾様から、今一つの伝言がある。兵藤数馬の足取りは目下探索している。それまで待てとのことだ」

言うだけ言うと、伊庭精吾は神田川の南側へと歩き去った。

又十郎も引き返そうとして、ふと足を止めた。

橋の下から姿を現した一艘《そう》の小船が、神田川を遡っていくのを、又十郎は欄干にもたれて眺めた。

こんな光景を、浜岡川でも眼にした記憶があった。

ふと思い出して、袂から紙包みを取り出した。

紙包みの中に一分銀（約二万五千円）があった。

人斬りの代金だろうか。

打ち首代と同じだった。
掌に載せた銀一分が、やけに重く感じられた。

第三話　雪椿

一

大川《おおかわ》はゆったりとして、雄大な流れである。

船の行き交いで波立った川面《かわも》が、キラキラと日の光を跳ね返していた。

川端に立って、目の前に広がる光景を眺めていると、鬱々としていた気分が心なしか和らいだ。

香坂又十郎《こうさかまたじゅうろう》を気鬱にさせていたのは、浜岡藩《はまおか》、江戸屋敷の目付《めつけ》、嶋尾久作《しまおきゅうさく》に命じられた、昨夜の人斬りだった。

相手はお家に仇《あだ》なす公儀の密偵だと聞かされてはいたが、夜討ちともいえる所業は初めてのことだった。

調べに当たった役人や目明かしは、辻斬《つじぎ》りの仕業だと口にしたという。

しかも、今朝、横目頭《よこめがしら》の伊庭精吾《いばせいご》に呼び出された又十郎は、銀一分（約二万五千円）を受け取った。

伊庭は何も口にしなかったが、目付、嶋尾久作から出た人斬りの手間賃に違いなかった。

奉行所の同心頭《どうしんがしら》という役目柄、何度も刑人の首を刎《は》ねた又十郎だが、辻斬りと呼ばれるようなことに加担し、そのうえ手間賃まで受け取ったことで忸怩《じくじ》たる思いに駆られていた。

和泉橋《いずみばし》で伊庭と別れた後、『源七店《げんしちだな》』に戻る気が起きなかった又十郎は、当てもなく神田《かんだ》川沿いの道を下って、両国橋広小路《りょうごくばしひろこうじ》近くの大川端に辿《たど》り着いたのだ。

気鬱は幾分和らいだが、貰《もら》った一分銀が気掛かりだった。

金ずくで人殺しを請け負ったような気分に襲われて、己に腹が立った。

袂《たもと》から一分銀を摘み取った又十郎が、川面に投げ捨てようと振り上げた手を、ふっと止めた。

何も捨てることはないのではないか——そう思わせたのは、目の前を行く川船から聞こえた、船乗りの長閑《のどか》な歌声だった。

あれこれ物を思う者のすぐそばで、のんびりと歌を歌う者が居る。

そう考えただけで、又十郎が抱えていた深刻さが、少し萎《な》えた。

船乗りの歌声のする川船が川下に去って、小さくなった。

いっそのこと、銀一分を散財してしまおう——そう決めた途端、又十郎の気が楽になった。


大川端を後にした又十郎は、馬喰町《ばくろちょう》の荒物屋、刃物屋に飛び込むと、包丁と俎板《まないた》を買い求めた。

久しぶりに魚を捌《さば》いて、夕餉《ゆうげ》の料理を拵《こしら》えようと思い立ったのだ。

両国橋の近くには様々な小店《こだな》があって、青物も魚もなんなく手に入った。

買い物を済ませた又十郎が、蕎麦《そば》屋で昼餉を摂《と》って神田の『源七店』に帰り着いたのは、日本橋本石町《にほんばしほんこくちょう》の時の鐘が八つ（二時頃）を打ち終わった頃だった。

昼下がりのこの時刻、『源七店』はいつも静かだった。

大方の住人は仕事に出て行き、長屋には大家の茂吉《もきち》と物静かな夜鳴き蕎麦屋の老夫婦、そしてたまに又十郎が残るのが常だった。

一歩通りへ出れば、居職《いじょく》の職人が多く住む神田一帯には、木や金属を叩《たた》く音、瀬戸物の触れ合う音が溢《あふ》れていたが、奥まった裏店は静かなものだった。

『源七店』が賑《にぎ》やかになるのは、仕事帰りの住人達が戻ってくる七つ半（五時頃）過ぎあたりからだ。

『源七店』に戻ってからの又十郎の働きには、凄《すさ》まじいものがあった。

火を熾《おこ》して湯を沸かし、こんにゃくを茹《ゆ》で、筍《たけのこ》を茹で、魚三匹の鱗《うろこ》を取った。

何かに集中して、人斬りの記憶を紛らわそうという思いだったのだが、いつの間にか、

『美味《うま》い夕餉を作ろう』

という意気込みに変わっていた。

『又十郎さん、自分が釣った魚は自分で捌くようにならないと、いい釣り師にはなれませんよ』

釣りの師である浜岡の漁師、勘吉《かんきち》の口癖だった。

そのせいで、釣りを覚えた十四、五の頃から、自分が釣った魚は自分で捌くというのが習慣になった。

それが高じて、魚に合う料理も覚えた。

『魚が釣れた日は、わたしには何もすることがなくてつまりません』

所帯を持った当初、新妻の万寿栄《ますえ》が、不満げに口を尖《とが》らせたこともあったが、

『今日は何が出来るのか、うふふ、楽しみですこと』

一年もしないうちに、万寿栄はしたたかな妻になった。

思わず苦笑を洩《も》らした又十郎が、ふと顔を上げると、『源七店』の路地は、いつの間にか夕焼けの色に染まっていた。

「いい匂いがすると思ったら、香坂さんでしたか」

格子窓の外から首を伸ばしてきたのは、隣家の飛脚、富五郎《とみごろう》だった。

「炒《い》り豆腐かね」

富五郎が鼻をひくつかせた。

「筍とこんにゃく、それに油揚げを炒っておいて、豆腐を潰して醬油《しょうゆ》を絡めたんだよ」

「なるほど、その醬油の焦げた匂いがしたんだな」

富五郎が感心したようにため息をついた。

「お父《とっ》つぁん、そこでなにしてるのよ」

「おい、おきよ、こっち来てみろ。香坂さんが晩の支度なんぞしてお出《い》でだぜ」

娘のおきよが、富五郎と並んで路地から覗《のぞ》き込んだ。

「どうも、挨拶が遅れまして。あたしゃ、隣りの富五郎ってもんで。これが娘のきよ

でやす」

　富五郎が、おきよの頭に片手を載せて腰を折った。

「初めまして」

　おきよも、真ん丸の目玉に笑みを湛《たた》えて会釈した。

　母親のおはまに似た丸顔のおきよは今年十五で、通いの台所女中として日本橋の小間物屋に行っていると、大家の茂吉に聞いていた。

　裁縫の出来るおはまは家でも針仕事をしているが、その腕を買われて、二日に一度は針子として、知り合いの仕立物屋に出かけていた。

　おはまとは顔を合わせたことのある又十郎だが、富五郎とおきよとは初顔合わせといってよかった。

「香坂さんが煮炊きをしてお出でだとは、かかぁから聞いてましたが、なかなか大したもんだぜ」

「ほんと。匂いも見た目も、料理屋の食べ物みたい」

　おきよが、富五郎に相槌《あいづち》を打った。

「おい、おきよ。おっ母《か》さんに見習わせなくちゃいけねぇな」

「なに言ってるのよ。お父つぁんが、香坂様みたいに作れるようになればいいのよ」

「そりゃそうだ。ははは」

富五郎が、カラカラと高笑いをした。

「さ。うちも晩の支度よ」

「それじゃこれで」

富五郎が又十郎に辞儀をして、娘の後に続いて格子窓を離れた。

路地が、さらに夕焼けの色を増していた。


日が長くなったとは言え、六つ半（七時頃）ともなると、『源七店』はすっかり夜のとばりに包まれていた。

又十郎は、家の明かりを消して路地に出た。

路地に明かりが洩れているのは、隣りの富五郎の家とその隣りの大家の茂吉の家だけだった。

この日、長屋で夕餉を摂ったのは、又十郎と富五郎一家と大家の茂吉だけのようだ。はす向かいに住む友三《ともぞう》は、夕刻、夜鳴き蕎麦の屋台を担いで長屋を出て行った。

女房のおていが残っているはずだが、明かりが点《つ》いていないところを見ると、早々と床に就いているのかもしれない。

『源七店』の木戸を出た又十郎の顔を四月の夜風が撫《な》でた。

神田川の川風が、界隈《かいわい》の細い道を通り抜けて行くのかもしれない。

又十郎は、ふらりと御成《おなり》街道の方に足を向けた。

久しぶりに包丁を振るい、満足の行く夕餉を摂ったのだが、何かが物足りなかった。

「酒だな」

夕餉の後、茶を飲んでいた又十郎は、手にした湯呑《ゆのみ》をしみじみと見た。

特段、酒好きというわけではないが、飲むのは好きだ。

又十郎は、酒を飲みに出ることにした。

今日一日で使い切ろうと思った銀一分が、ほんのわずかだが手元に残っていたことも、又十郎をその気にさせた。

神田八軒町《はちけんちょう》から西の御成街道界隈は様々な小店が軒を並べ、多くの職人の家がひしめきあい、料理屋、飲み屋に困ることはなかった。

外から何軒か覗いてみたが、入る気の起きる飲み屋がなく、又十郎は、筋違御門《すじかいごもん》の北詰から神田川沿いをもどるように東へと歩いた。

神田佐久間町《さくまちょう》一丁目、二丁目の居酒屋を三軒ばかり覗いたが、どこも客で混み合っていた。

一人くらい入れないことはなさそうだが、知らない店で見知らぬ客と肩を寄せ合うのはどうも落ち着かない。

和泉橋の近くまで歩いた又十郎の足が、ふっと止まった。

橋の袂に近い二丁目の角に、古びた暖簾《のれん》の下がった平屋があった。

提灯《ちょうちん》も軒行灯《のきあんどん》もなく、くすんだ障子戸に『善き屋《よや》』と記されていた。

障子戸の中に明かりがあるから、飲み屋に間違いはなさそうだ。

昼間、何度となく通った道だったが、これまで気に留めたことはなかった。

「おいでなさい」

『善き屋』の戸を開けるとすぐ、奥の方から男のしわがれた声が掛かった。

そしてすぐに、

「いらっしゃぁい！」

威勢のいい声を上げながら板場から出て来た女が、「あら」と足を止めた。

お盆に載せた徳利《とつくり》を倒しそうになって、慌てて手で押さえたのは、『源七店』の住人、お由《よし》だった。

「ま、とにかくそこに」

お由が、近くの板張りを掌《てのひら》で指し示して、戸口近くの客に酒を運んだ。

店の中は、表からは窺《うかが》い知れないくらいの広さがあった。

しかも、面白い作りになっていた。

戸口から正面の板場までまっすぐ土間が続いていて、その左側に細長い八畳ほどの板張りがあるのは、どの店でも見かける作りだった。

珍しいのは土間の右側である。

畳一畳ほどの広さの矩形《くけい》の板張りが、まるで〈小島〉のようにポツンポツンと三つ、戸口と板場の間に並んでいた。

大人二人が差し向かいで座るにはちょうど良い広さだが、三人四人連れともなれば、あとの者は土間に足を付けて腰掛けるしかなさそうだ。

又十郎がお由に促されて座ったのは、板場に一番近い〈小島〉だった。

土間の左側の板張りに、四人連れ、三人連れの客の車座が出来ていた。

戸口に近い〈小島〉では、植木屋の半纏《はんてん》を着た白髪の職人が、ゆっくりと盃《さかずき》を呷《あお》っていた。

「お酒でよろしいんで？」

空のお盆を手に通りかかったお由が、又十郎に笑みを向けた。

「酒と、漬物を少々」

「お待ちを」

頷《うなず》いて、お由が板場に入って行った。

板場で立ち働く二人の料理人の動きが、土間との境の格子窓越しに窺えた。

五十がらみの男が店の親父《おやじ》で、二十そこその男は見習いの雇人《やといにん》のようだ。

「ここは、探し当ててお見えになったんで？」

板場から出て来たお由が、又十郎の顔を覗き込んだ。

「いや。ぶらぶらしていて偶然」

「わざわざ探したと言って下さりゃ、酒ぐらい奢《おご》りましたのに」

悪戯《いたずら》っぽい笑みを浮かべたお由が、徳利と漬物の小皿を載せたお盆を又十郎の前に置いた。

「ひとつ、お注《つ》ぎしましょう」

お由が、又十郎の目の前で徳利を持ち上げた。

素直に酌を受けた又十郎が、盃を呷ると同時に戸の開く音がした。

「恐れ入る」

「いらっしゃい」

入って来た中間《ちゅうげん》風の二人連れに声を掛けると、

「上へどうぞ」

お由は、左側の板張りへと促した。

戸口の開け閉めの間に川風がふわりと吹き込んで、店の中に籠っていた煮炊きの煙を、ほんの一瞬だが、土間の奥へと押しやった。

心地よく飲んでいた又十郎の耳に、客たちの話し声が方々から届いた。

亀戸《かめいど》天神の名が飛び交い、花だとか藤棚だとか言う声が途切れ途切れに聞こえた。

どうやら、亀戸天神という所は藤の花の名所のようだ。

藤の花のあとは杜若《かきつばた》で、そのあとが紫陽花《あじさい》、そして梅雨――やり取りのすべてを聞き取ったわけではないが、客たちの関心事の多くは時節のことだった。

又十郎の脳裏に、ふと、花や木の名を諳《そら》んじていた万寿栄の顔が浮かんだ。

又十郎は万寿栄とふたり、よく浜岡を歩いた。

浜岡川の雛流《ひなwhile》し、秋祭り、月見、そして花見――花と言えば、大宗寺《だいそうじ》の牡丹《ぼたん》、鷺山《さぎやま》の山桜、峰《みね》の坂《さか》上の白神《しらかみ》神社の雪椿《ゆきつばき》などを毎年見に出かけた。

又十郎の妻となる以前、草木染を余技としていた万寿栄は、木や草花に詳しかった。

二人で野山を歩くたびに、又十郎は知らなかった草木の名をいくつも覚えさせられた。

八月に白い花を咲かせる臭木《くさぎ》は、果実を染料にするのだと言った。

染め上がる色は大人しい品のある青だが、名の示す通り、生木はなんとも言えぬ嫌な匂いを放つので損をしている。

徳利を二本空にする間に客の出入りがあったが、入れ替わるたびに店の中の人数が減って、今は又十郎のほかに、酔い痴《し》れた白髪の植木職人だけになっていた。

「やっとお相手が出来ますよ」

お由が、又十郎の向かいに上がり込んだ。

注文聞きから配膳、器の片づけ、勘定方まで休む間もなく動き回っていたお由が、ふうと大きく息をついた。

「注ごうか」

「恐れ入ります」

又十郎とお由が酌をし合い、盃を呷った。

「香坂様の様子を見ておりますと、お国は、北の方じゃありませんねぇ」

「詳しくは言えないが、西の方だよ」

蠟燭《ろうそく》屋『東華堂《とうかどう》』の和助《わすけ》に釘《くぎ》を刺されたこともあって、又十郎は国名を伏せた。

お由が身の上を詮索することはなかったが、話の流れから、又十郎は国元に妻を残してきたことを口にした。

「お子もいないとなると、奥方さまはお一人でお寂しいでしょう」

「いや。あれは、いや妻は、少々のことでうろたえるような女ではないのだ」

「旦那様にそれほど信用されてる奥方さまが、羨ましい」

ふふと笑ったお由が、徳利を差し出した。

「恐れ入る」

又十郎は素直に酌を受けた。

信用されているとお由は言ったが、安心していると言った方が、又十郎の心境には近い。

少々のことではうろたえないと口にした又十郎だが、我が夫が実の弟を斬ったと知った時、万寿栄はいったいどうするだろうという思いが頭をかすめた。又十郎に恨みを向けるかもしれない。藩命には逆えなかったと知れば、堪えようとするかもしれない。

物腰や顔に似合わず、万寿栄には肚《はら》の据わったところがある。所帯を持って一年にも満たない春三月、万寿栄が浜岡川の流れに腰まで浸かって、溺れた子供を助けたことがあった。

その場に居合わせなかった又十郎は、そのことがあって三、四日して初めて、町の噂《うわさ》で妻の快挙を耳にしたのだ。

いずれにしても、又十郎が果さなければならない務めは、万寿栄を悲しませることになるのだった。

それを回避するには、数馬が永遠に姿をくらませるか、又十郎が藩命に背くしかない。

戸の開く音がして、外の風がすっと入り込んだ。

「おや、お由さんの良い人かい」

「なに言ってんだい。『源七店』にお住いの香坂様だよ」

お由が、入って来た男に声を張り上げた。

「あぁ」

男が得心したように頷くと、

「ここで相席なさいよ」

お由が、履物を履いて土間に立った。

「井戸端に一番近いとこに住んでる、喜平次《きへいじ》さんですよ」

「おぉ」

お由が口にした名に、又十郎は心当たりがあった。

後姿を見かけたり声を聞いたりはしていたが、まともに顔を合わせるのは今夜が初めてだった。

船頭という仕事柄か、日に焼けた顔はきりっと引き締まり、細い体つきながら、首から胸元にかけて鋼のような筋肉があった。

板場に入ったお由が、通い徳利を持って戻って来ると、

「ここで顔を合わせたのもなにかの縁だ」

又十郎が喜平次に酌をした。

「香坂です」

「喜平次と申します」

改まって名乗り合い、又十郎と喜平次は盃を干した。

「喜平次さんは、柳橋《やなぎばし》の船宿お抱えの船頭でしてね」

そう言って、お由が腰掛けた。

船宿の客をお望みの寺社の近くや行楽地に乗せて行ったり、吉原《よしわら》遊郭へも送るのだと、喜平次が口を開いた。

木母寺《もくぼじ》の雪見に大川を遡《さかのぼ》ることもあるが、船頭が忙しいのは春から秋だという。

「こう見えて喜平次さんは腕利きの船頭らしくてさぁ、客が名指しをするって噂ですよ」

お由に持ち上げられたものの、喜平次は顔をしかめて、

「そのお蔭《かげ》で、花見に潮干狩りに両国の川開き、納涼に月見、果ては釣りの客の送り迎えまで請け合うことになって、身が持たなくて参りますよ」

と、大げさにため息をついた。

「喜平次どのは、釣り場をご存じか」

又十郎の口を突いて出た言葉に喜平次が一瞬口ごもった。

「海の方ですがね」

「わたしは海釣りが好みでね」

身を乗り出した又十郎が、少年期から続けている釣りについて語り始めた。

生国の名は秘して、その海で捕れる魚の数々、鬼石場《おにいしば》という格好の漁場にまで話が

及んだ時、

「分かったから、話はそれくらいにして酒を飲ましてもらいてぇ」

喜平次が又十郎の話を止めた。そして、

「ご浪人、要するにお前さんは、おれの船で江戸前海の釣り場に連れて行ってもらいてぇと、そう言いたいんだな?」

「いや。そういうつもりではなかったが、叶《かな》うことならば、それはありがたいが」

「よし分かった。いつか乗せてやるよ」

小気味よく言い放った喜平次が、くいと盃を呷った。

又十郎には、思いがけなく、嬉《うれ》しい話の展開となった。

二

神田川の水面《みなも》で、満月が揺れていた。

『善き屋』を出た又十郎の足は、ふわふわと覚束《おぼつか》なかった。

最初は一人酒だったが、途中、お由と酌み交わし、店に現れた喜平次も加わって話は弾み、ついつい酒量が増えた。

又十郎は、まだ残るという喜平次を置いて『善き屋』を出て来た。

和泉橋の袂で欄干に手を突くと、ふうと深呼吸をして神田八軒町の方へと足を向けた。

柳の枝を軽く揺する夜風が心地よい。

さやさやと耳に届く川音を聞いていると、つい浜岡川の川端を歩いている気分になる。喜平次とお由に、故郷の海の話をしたせいか、万寿栄のことが思い出されて仕方がない。

そんな感傷を打ち壊すような水音が、背後から聞こえた。

振り向くと、『善き屋』の目の前の川端に立った喜平次が、放尿していた。

酒に酔った喜平次は、ゆらりと揺れて川に落ちそうになると、柳の木に片腕を巻き付けて、踏みとどまった。

又十郎は、喜平次が用を足し終わるまで見守ることにした。

「あ、香坂の旦那だ」

腰を振った喜平次が、着物の前を合わせながらよたよたと又十郎に近づいて来た。

「帰るのか」

「うん。眠くなっちまってね」

喜平次が、ガクリと頷いた。

又十郎は、喜平次の覚束ない足取りに合わせて家路についた。

初手は不愛想だった喜平次を偏屈なのかと思っていたが、打ち解けてみれば吹き流しのような腹蔵《ふくぞう》のない男だった。

今夜は飲みに出かけてよかったと、又十郎はしみじみ、そう思った。


昼近くになって、俄《にわ》かに日が翳《かげ》った。

又十郎が目覚めた時、『源七店』の路地は昇ったばかりの朝日に満ちて眩《まばゆ》いばかりだった。

昨夜、お由が働く居酒屋『善き屋』で飲んだ酒が効いてぐっすりと寝たのだが、すぐには起きられず、ごろごろしているうちに眠気に襲われた。

二度寝から起きたのは、五つ半（九時頃）だった。

昨日の残り物で遅い朝餉を済ませ、下帯などの洗濯物をかたづけ、髭《ひげ》を剃《そ》り終わった頃になって、灰色の雲が神田八軒町の空を覆いはじめた。

「お目覚めになりましたね」

蠟燭屋『東華堂』の和助が、又十郎の家の戸口に立った。

今朝、六つ半ごろに一度訪ねたのだが、

『香坂様は寝ておいでだから、あとにおしよ』

針売りのお由にそう言われたので出直したのだと口にしながら、和助が土間に足を踏み入れた。

「なにか」

茶を飲んでいた又十郎が、湯呑を置いた。

「香坂様には、これからわたしと一緒に一石橋《いちこくばし》にお出《い》で願いたいのです」

声を低めた和助が、浜岡藩江戸屋敷の嶋尾久作からの指示だと言い添えた。

一石橋は、日本橋の西に架かる橋だった。

「もしかすると、何日か長屋を空けることになるかもしれぬから、そのお積りでお支度なさるようにと、言付かっておりますが」

「わかった」

返事をした又十郎が、支度に取り掛かった。

支度と言っても、袴《はかま》を着け、菅笠《すげがさ》と刀を用意するだけのことだった。

いささかのんびりと袴を着けていた又十郎の胸に、ふっと翳が射《さ》した。

嶋尾の呼び出しは、義弟、兵藤数馬《ひょうどうかずま》に関わることかもしれなかった。

袴の紐《ひも》を締める手に、つい力がこもった。

菅笠を付けた又十郎が、和助に続いて路地に出ると刀を腰に差した。

「お出かけで？」

稲荷《いなり》の祠《ほこら》の掃除をしていた大家の茂吉が、二人に顔を向けた。

「香坂様はうちの番頭さんの用事でしばらく家を空けることになりましたので、ひとつよろしく」

和助がそう口にした。

「茂吉さんに頼みがあるのだが」

「なにか」

又十郎は、家の中の鉄鍋《てつなべ》や焙烙《ほうろく》に、昨日作った煮ものが残っていることを告げ、留守の間に腐らせたくないので始末してくれるよう頼んだ。

「どこか、遠方にお行きなさいますか」

「さあ」

茂吉に尋ねられた又十郎は、和助に眼を向けた。

「わたしも詳しくは知りませんが、三、四日は掛かるようですよ」

代わりに返事をした和助に続いて、又十郎は『源七店』を後にした。

御成街道へ出て、筋違御門を通れば、日本橋までは一本道である。

「一石橋へ行って、それからわたしはどうなるのだ?」

道すがら和助に問いかけてみたが、案の定、詳しいことは何も知らないという返事だった。

それは、嘘偽り《うそいつわ》ではあるまい。

たとえ江戸屋敷に出入りする蠟燭屋とはいえ、謀反や反逆に関わる藩政の闇に、目付の嶋尾が商人を立ち入らせるとは思えない。

嶋尾はおそらく、藩政の些細《ささい》な雑事を言いつけ、『東華堂』は『東華堂』で、お得意様の歓心を買うために奉公人を派遣しているに違いなかった。

日本橋を渡った和助が、高札場の手前を右へと曲がった。

立ち並ぶ蔵屋敷前の河岸をしばらく西に向かったところに、一石橋が架かっている。

青物市場をはじめ、魚河岸、芝河岸《しばがし》、木更津河岸《きさらづがし》などがある日本橋一帯も、昼下がりともなるとのんびりと落ち着いて、暗いうちからごった返す朝の様子とは一変していた。

又十郎と和助が一石橋の袂に立つとすぐ、堀端で煙草《たばこ》を喫《の》んでいた物売りの男が立ち上がるのが眼に入った。

煙管《きせる》を叩いた物売りが、腰掛にしていた木箱を肩に背負ってゆっくりと近づいてきた。

「あとはわたしが」

和助に声を掛けたのは、小間物売りに身をやつした団平《だんぺい》だった。

「それじゃ、わたしは」

軽く辞儀をした和助が、呉服橋《ごふくばし》の方へと歩き去った。

蠟燭屋『東華堂』のある日本橋、岩倉町《いわくらちょう》は、呉服橋を東に曲がった方角にあった。

「それじゃ、わたしらも」

又十郎に声をかけた団平も、呉服橋の方に足を向けた。

「どこへ行くのか、教えてはもらえぬか」

「目黒《めぐろ》です」

団平は、案外すんなりと口にした。

「目黒で、何をするのだ」

「詳しいことは、伊庭様の口からお聞きください」

そう言ったきり、目黒へ行く用件について、団平は口をつぐんだ。


白金《しろかね》の往還を過ぎて下り坂に差し掛かった時、はるか前方から鐘の音がした。

八つを知らせる鐘だった。

日本橋から一刻《いっとき》（約二時間）ばかり歩いた勘定になる。

「中目黒村の行人坂《ぎょうにんざか》ですよ」

並んで坂を下りながら、団平が又十郎に囁《ささや》いた。

「目黒は江戸の南の端でしてね。ぎりぎり、墨引の内になります」

行先の目黒に関しては、道中、団平がぽつりぽつりと話をしてくれた。

文政期《ぶんせい》のはじめ、それまで曖昧だった江戸の範囲が、江戸城を中心とした地図の上に、朱と墨の線で示され、それを朱引、墨引と称したという。

朱引の東端は亀戸、千住《せんじゅ》あたり、北は滝野川《たきのがわ》、板橋《いたばし》、西は角筈《つのはず》、代々木《よよぎ》あたりで、南品川が南の端となった。寺社奉行所管轄の朱引にくらべて、町奉行所支配の墨引の範囲は少しばかり狭かった。

目黒の一帯だけは朱引の外側に突き出ていた。

「目黒にはお不動様がありまして、一年を通して多くの参詣人が集まります」

参詣人が集まる門前町には様々な商いが興る。

遊女を置くところもあれば、密《ひそ》かに博奕場《ばくち》も開かれる。

そういう所には無法の者が棲《す》みつき、犯罪も多発するので、目黒を墨引の内にして奉行所の支配下に置いたというのが、団平の説だった。

目黒川に架かる橋を渡った先に、田植え前の水田が広がっていた。

水田の先には町家の家並みが続き、その先にいくつかの寺の屋根が見えた。

ひと際高く大きな屋根が、目黒不動とも称される瀧泉寺《りゅうせんじ》だった。

下目黒《しもめぐろ》村の田んぼ道から目黒不動に近づくと、そのあたりは下目黒町となっており、多くの料理屋、食べ物屋、旅籠《はたご》、土産物屋が軒を連ねた参道は、行楽や参詣の人などで賑わっていた。

「こちらです」

団平が、軒行灯に『いさご家《や》』と書かれた旅籠の中に又十郎を導き入れた。

帳場から迎えに出た番頭が、団平に何事か耳打ちをされると、

「はい。伺っております」

と、笑顔で頷いた。

又十郎と団平は、下女が運んだ濯《すす》ぎで足を洗った後、女中の案内で二階の角部屋に通された。

又十郎が、二面ある障子窓の一つを開けると、参道のざわめきが、わんと沸き上がって来た。

鉤《かぎ》の手に折れた参道の角にある『いさご家』の二階から、二つ並んだ寺の境内が望めた。

「すぐ向かいが、蛸薬師《たこやくし》とも呼ばれている成就院《じようじゆいん》で、その左が長徳寺《ちようとくじ》さんです」

土瓶《どびん》の茶を湯呑に注ぎながら、案内の女中が教えてくれた。

「風呂や夕餉までは間があるし、お不動さんにお参りしたらどうだね」

「それもいいな」

女中に勧められて、又十郎はその気になった。

だが、女中が出て行くとすぐ、

「お寺参りはご遠慮願います。いつ、伊庭様の御用が出来《しゅったい》するか知れません」

団平がやんわりと釘を刺した。

又十郎は頷いて、湯呑に手を伸ばした。


思いもよらず、旅籠『いさご家』の間近で鐘が鳴りはじめた。

「目黒不動の時の鐘です」

参道に面した障子を細目に開けて、外を眺めていた団平が声を発した。

七つ（四時頃）の鐘だった。

一刻近くも一つ部屋で過ごしたが、団平から話しかけることは殆《ほとん》どなかった。

ただ、又十郎が何も言わず部屋を出かかった時、

「どちらへ」

と低く鋭い声を掛けられた。

厠《かわや》だと返事をすると、頷いただけで団平は黙った。

元来無口なのか、話をすることを禁じられているのか分からないが、又十郎自身、口数が多い方ではなく、沈黙を苦痛と感じることはなかった。

依然として障子の外を眺める団平の横顔に、張り詰めたものが感じられた。

参道の人の流れを見張っているのかもしれない。

目鼻立ちの整った顔つきをした団平の首筋は、鋼のように硬く見えた。

「お連れ様がお着きです」

廊下から声が掛かり、先刻、部屋に案内した女中が障子を開けた。

笠を脱ぎ、刀を手にした伊庭精吾が、何も言わず部屋に入って来た。

「すぐにお茶を」

「いや。ここはよい。用があるときは声を掛ける」

伊庭の声は抑揚もなく冷ややかだった。

そっと首をすくめると、女中はそそくさと部屋を後にした。

「様子はどうだ」

伊庭が、窓際の団平に眼を遣《や》った。

「今のところ、なにも」

団平が返答をすると、「ん」と鼻を鳴らした伊庭は、部屋の隅で胡坐《あぐら》をかいた。

「わたしが、どのような用向きで目黒へ連れて来られたのか、伊庭殿に伺いたいのですが」

又十郎が静かに口を開いた。

伊庭は、かすかに眉をひそめて、又十郎から眼をそらした。

「言えぬということでしょうか」

又十郎が畳みかけると、伊庭は口をむすんで腕を組んだ。

「先日も、嶋尾様の前で申しましたが」

「ことの事情が分からぬでは動けぬ、ということか」

腕組みを解いた伊庭が、又十郎の言葉を苛立《いらだ》たしげに遮った。

「さよう」

又十郎が、泰然と返答をした。

かっと眼を見開いた伊庭が、もの言いたげに口を開きかけたが、言葉は発しなかった。

上役の命ならば、事情の如何《いかん》を問わず従うべきだ——伊庭の顔に、又十郎への不満がありありと張り付いていた。

「わたしは藩命により、謀反人追討のために江戸へと参った。むやみに人を斬るのが己の務めではございません。先日、品川《しながわ》で刀を抜いたのは、藩に仇なす謀略を阻止せんがためであった。お家の危機とあらば、微力ながらお役に立つつもりです。しかし、相手を斬るにせよ、己が命を落とすにせよ、何のために生死を賭けたのかぐらいは、知っておきたいのですよ」

又十郎に、伊庭を詰《なじ》るつもりはなかった。

時と所を問わず、危機に臨めば急変に応じ、一瞬にして敵を制する太刀遣いとそれに伴う体と心の動きを錬磨する――元服したころから又十郎が学んだ、田宮神剣流《たみやしんけんりゅう》の教えである。

危機に臨んで急変に応じるためには、戦う経緯や相手の性情を知っておいた方が有利である。

又十郎は、鏑木《かぶらぎ》道場で代稽古を務める時、若い門弟に日頃からそう口にしていた。

そんな己の信条を、伊庭精吾に伝えたかったのだ。

伊庭は腕を組むと、目を閉じた。

又十郎も口を閉ざした。

団平が細く開けていた障子を閉めると、俄《にわ》かに参道のざわめきが遠のいた。

三

目黒に連れて来られた用件を聞きたいと言った又十郎に、伊庭は先刻からだんまりを決め込んでいた。

「おれが話さなければ、お主は、嶋尾様に聞こうとするのだろうな」

しばらく黙り込んでいた伊庭が、ぽつりと声にした。

「すねた子供のような真似《まね》をするつもりはありませんよ」

又十郎の言葉にいつわりはなかった。

嶋尾の口から聞くようなことになれば、面目を失うのは伊庭である。

「団平、茶を頼む」

伊庭の声は落ち着いていた。

初めて顔を合わせた時の伊庭は落ち着き払っていて、四十そこそこかと思っていたが、案外、三十代半ばかもしれない。

女中が置いていった土瓶の茶を、団平が湯呑二つに注いで、伊庭と又十郎の前に置いた。

「当家の上屋敷は外桜田《そとさくらだ》にあるが、中屋敷は田町《たまち》、下屋敷は渋谷宮益町《しぶやみやますちょう》にある」

伊庭によれば、どこの家中も、藩主とその家族が暮らし、政務を行う上屋敷は江戸城近くに置いているという。

田町の中屋敷は、上屋敷が災禍に遭った時のための屋敷で、普段は隠居した藩主や次期藩主の住居でもあり、上屋敷や下屋敷に比べて敷地は狭く、当代藩主の別邸という性格も兼ね備えていた。

大方の大名家の下屋敷は、江戸城から遠く離れたところにあるため、広大な敷地を得ていた。彦根《ひこね》藩井伊《いい》家の上屋敷は二万坪弱だったが、千駄ヶ谷の下屋敷は十八万坪余りの広さを有していた。

江戸郊外、渋谷にある浜岡藩、松平《まつだいら》家の下屋敷にしても、五万坪の敷地があった。

「江戸の屋敷には、実に様々な職種の者が出入りをしている。米問屋、魚問屋、茶問屋、呉服屋、飛脚屋、そして近郷からは百姓もやってくる」

伊庭が口にする江戸屋敷の様子は、思いもしないことばかりだった。

国元の、城中の日常の暮らし向きを気にしたこともなく、ましてや知る必要もなかった奉行所勤めの又十郎が、江戸屋敷の在り様にまで思いを馳《は》せることなど、これまで皆無であった。

「上屋敷、中屋敷の庭木の手入れを怠れば、あっという間に枝葉が茂り、雑草がはびこる。そういう時に、百姓農民の力を借りねば、江戸の大名屋敷は立ち行かぬのよ」

百姓の出入りが必要なのは、庭木のことに限らないのだと伊庭が続けた。

上、中、下屋敷で肝心なのは、糞尿《ふんにょう》の始末である。

畑の肥やしになる糞尿を譲り受けた百姓は、時節になれば、見返りに青物や豆などの農作物を屋敷に届けてくれるという。

殊に、広大な敷地のある下屋敷には馬小屋もあり、実のなる木々も植えられ、畑地もあったから、どうしても百姓の手を借りなければならなかった。

その下屋敷に出入りしていたのが、下目黒村や桐《きり》ケ谷《や》村、戸越《とごし》村の百姓たちだった。

「下目黒村というと、この近くですね」

又十郎は、行人坂を下り、目黒川を渡った先が下目黒村だったことを思い出した。

「目黒不動の西側も下目黒村で、東側が桐ケ谷村、その南が戸越村になります」

団平がぼそりと付け加えた。

「下屋敷の畑仕事をするために、桐ケ谷村からやってくる百姓の一人が、このひと月妙な動きをしていることに気付いてな」

伊庭が抑揚のない声を出すと、団平が小さく相槌《あいづち》を打った。

浜岡藩の国元で囁かれ始めた藩政改革の声が、江戸にまで及んでいるのではないかと危惧を抱いた目付の嶋尾久作は、半年ばかり前から密かに、江戸屋敷に勤める藩士をはじめ、出入りの商人、百姓たちの監視を強めたという。

特段、不審な藩士は見つからなかったが、桐ケ谷村の百姓、杉造《すぎぞう》の行動にひと月前から変化が見られた。

杉造は、病弱な父親に代わって三月《みつき》ほど前から下屋敷に出入りするようになった跡継ぎだが、始めのうちは挙動が不審というわけでもなかった。

「ただ、このひと月の間に、下屋敷に三度出入りした杉造は、三度とも、行き帰りに、蛸薬師に立ち寄ったのだ」

伊庭が、障子を細目に開けて参道の先を眼で示した。

先刻、女中が教えてくれた成就院のことだった。

近隣の村の者だから、立ち寄るだけならどうということはないのだが、それまで一度も立ち寄らなかった蛸薬師に、杉造はこのひと月に限って三度も、下屋敷への行き帰りに立ち寄るようになったという。

しかも、杉造が立ち寄った当日かその翌日には決まって、一人、あるいは二人連れの侍が蛸薬師に出入りするのを、伊庭の配下の者たちが確認していた。

「寺に入った侍が出て来るのを待って、横目の朋輩《ほうばい》と手分けして二度ばかり行先を突き止めようとしましたが、どの侍も用心深く、料理屋、楊弓《ようきゅう》場、岡場所に入っては裏口から消えるという念の入れようで、笠で顔を隠したその侍がどこから来てどこへ行くのか、知りえませんでした」

団平が打ち明けると、伊庭が、

「ところが二日前、見張っていた配下の一人が、成就院から出て来た編み笠の侍を付けたのだが、田町のあたりで見失った」

「田町といえば」

思わず、又十郎が身を乗り出した。

田町には、浜岡藩の江戸中屋敷があった。

「嶋尾様が懸念なされていた通り、江戸藩邸にも密かに藩政に異を唱える改革派の同志が居るということかも知れぬ」

伊庭が、低い声で断じた。

「だが、どこの誰とも知れぬ侍が、なにゆえ目黒の寺を訪ねるのだろうか」

独り言のように疑問を口にすると、伊庭と団平の眼が又十郎に向けられた。

分からぬのか、とでも言っているような眼差《まなざ》しだった。

「杉造はおそらく、どういう事情かは知らぬまま、蛸薬師と中屋敷、あるいは下屋敷の間の使い走りを務めているに違いない」

「蛸薬師の誰と」

又十郎が眉をひそめて、伊庭を見た。

「たとえば、江戸藩邸には決して近づけぬ者だ」

又十郎の顔にぴたりと眼を向けた伊庭が、低く鋭い声を発した。

あっ、と声を出しそうになった又十郎が、息を飲んだ。

「藩政改革を目指す同志たちと連絡を取り合い、あるいはどこかで会合をするのに、目黒不動という歓楽の場所は、侍が集まっても目立たぬ。そのうえ、江戸の浜岡藩士の眼から姿を隠すにも、寺は格好の場所となる」

「伊庭殿は、成就院には兵藤数馬が潜んでいると申されるか」

又十郎が、慌てて言葉を挟んだ。

「確かめたわけではない。だが、おれはそう見ている」

又十郎の視線に怯《ひる》むことなく返答をした伊庭は、さらに続けた。

「しかし、確かめたくとも寺に押し入るわけにも行かぬ。百姓の杉造を捕まえて、成就院に立ち寄るわけを聞き出す手もあるが、異変に気付かれて、逃げられては元も子もない。しかも、困ったことに横目の誰もが、謀反人、兵藤数馬の面体《めんてい》を知らぬ」

「わたしに、それを確かめろと」

「いや。寺の中に入って確かめることは出来ぬ。いずれ外の者と連絡を取り合い、談合をすべく寺から出る折もある。その時こそ面体を確かめて、兵藤数馬と判明したならば、香坂殿には謀反人を討ち取っていただく」

感情を表すことなく、伊庭が理路整然と口にした。

なるほど——又十郎が、腹の中で呟《つぶや》いた。

国元の一介の勘定方を務める数馬の顔など、江戸屋敷の者が見知っているはずがなかった。

浜岡藩の重臣が、追討の役目を又十郎に課した理由の一つは、謀反人の顔を知っていたからか。面体がわかれば、討っ手の妻が謀反人の実姉だろうと斟酌しないということだ。

「わたしですが」

廊下から男の声がした。

「入れ」

伊庭は、声の主が誰か承知の上らしく、すぐさま返事をした。

部屋に入って来たのは、商家の下男風の装《な》りをした四十に近い男だった。

「成就院を何人か交代で、のんびり歩き回りましたが、庫裏の奥の方まではなかなか近づけませんで」

眉毛の濃い下男風の男が、伊庭に頭を下げた。

「分かった」

低く返事をした伊庭が、腰を上げた。

「おれも近辺を歩いてみる。お前はおれんと交代して参道を張れ」

「はい」

返事をした眉毛の濃い男が、伊庭を追って部屋を出た。

残った団平が、細目に開けた障子から参道を窺った。

瀧泉寺の小高い山や高木の向こうに日が傾いて、日陰になった参道は相変わらず多くの人の行き来があり、料理屋や土産物屋の呼び込みの声が飛び交っていた。

「そうやって、一晩中見張るのか」

「一晩中ってことはありませんが、どっちにしろ今夜は、香坂様と相部屋となります」

横顔を見せたまま、団平が小さく頭を下げた。

日が暮れても、目黒不動の参道に人の足音が絶えることはなかった。

六つ（六時頃）の鐘が鳴ってから、半刻（約一時間）が経《た》った頃合いだった。

日があるうちに風呂に入った又十郎は、団平と向かい合って夕餉を済ませた。

しかし、団平はほとんど口を利かず、食べ終わるとすぐに窓辺に張り付いて、参道に面した成就院の山門を窺ったままである。

成就院の中にいる侍が数馬とは別人であって欲しいという願いが、又十郎の胸中を大きく占めていた。もし仮に数馬だったとしても、自分さえ『見知らぬ男』だと口にすればいいではないかなどと、先刻から、又十郎の脳裡を様々な思いが駆け巡っていた。

又十郎は、団平から少し離れた場所で参道を覗いた。

六つが過ぎた時分から、参道には男どもの姿が増えたような気がする。

江戸の外れとは言え、白金台町《しろかねだいまち》から目黒不動に至る往還の近隣には、瑞聖寺《ずいしょうじ》や増上寺《ぞうじょうじ》などの大寺、京極佐渡守《きょうごくさどのかみ》家、松平薩摩守《さつまのかみ》家、一柳土佐守《ひとつやなぎとさのかみ》家など、かなりの数の大名家中屋敷や下屋敷があった。従って、往還の両側の白金台町、六軒茶屋町《ろっけんぢゃやちょう》、永峰町《ながみねちょう》には様々な物を商う商家が軒を並べていたし、女を置いている茶屋もあったから、大名屋敷の侍や中間、土地の職人たちは当然のことながら、遠方からも多くの男どもが訪れる。

又十郎はふっと、参道を行く侍ばかりに眼を遣っている己に気付いた。

商家の明かり、軒の提灯や路傍《ろぼう》の雪洞《ぼんぼり》のお蔭で、参道を行き交う人の顔がはっきりと見えていた。

伊庭が言うように、眼と鼻の先の成就院に数馬が潜んでいるなら、逃げろと知らせることが出来はしまいか――そんな思いにとらわれた又十郎は、窓辺の団平を窺うように見た。

「先刻、宿の番頭から聞いたが、六軒茶屋町の近辺には、岡場所があるそうだな」

又十郎が、努めてさり気なく口にした。

「ええ」

団平は参道に眼を向けたまま、返事をした。

「江戸の岡場所がどういうものか、これから見に行って来る」

腰を上げた又十郎が、床の間に立てかけていた刀を手にした。

「香坂様。もし、成就院に潜むお人に会いに行こうとお思いなら、面倒なことになりますぜ」

参道に眼を遣ったまま、団平が囁いた。

「謀反人が香坂様のお身内とは聞いておりますが、おやめなさいまし。参道にも寺の周辺にも、横目の眼がございます」

又十郎の心中を見透かしたような団平の口調は静かだが、刺すような鋭さがあった。

「そういう風に勘繰られては心外ゆえ、出るのはやめたっ」

又十郎はおどけた口ぶりで誤魔化すと、刀を床の間に戻した。

「その代わり、酒を頼むぞ」

宣言でもするように声を掛けて、又十郎は階下に下りて酒を注文した。

ほんの僅《わず》か待っただけで、酒の肴《さかな》の干魚《ひうお》と徳利を女中が運んで来た。

「そろそろ火を落としますんで、この後のお酒は冷やになります」

愛想のない声で言い放った女中が、慌ただしく部屋を出て行った。

「一杯やるか」

声を掛けたが、団平は首を横に振った。

又十郎は、手酌で飲み始めた。

「頭の伊庭殿のもとには、何人の配下がいるのだね」

又十郎が口を開いた。

「さぁ。なにせ、配下の者すべてが集まる折などありませんので」

団平がやんわりと質問を躱《かわ》した。

だろう。

江戸の横目について聞いても、団平からは当たり障りのない答えしか返って来ない
江戸の横目も国元の組目付と同じで、藩士の素行などを探り、謀反や反逆の芽を摘む役目に違いあるまい。

目付の嶋尾久作という男は、家中に不審の芽があれば、下級藩士は無論のこと、家老などの重職にある者に対しても容赦のない姿勢を崩すことはないはずだ。

江戸に潜り込んだ数馬が、蛇に睨まれた蛙《かえる》に思えて仕方がなかった。

ふうとため息をついて、又十郎が盃を呷った。


鶏の声に混じって、地響きのような音が沸き上がったかと思うと、ふっと眼が覚めた。

「起こしましたか」

雨戸を開けていた団平が手を止めて振り向いた。

「いや。朝はいつも、これぐらいに目を覚ます」

又十郎が、夜具ごと体を起こした。

団平が開け放った雨戸の外はうっすらと明るく、日の出が間近のようだ。

窓辺に這《は》い寄った又十郎が見下ろすと、参道には行き交う人の姿があった。

それればかりではなく、眼をこすりながら旅籠から出て行く三人の男連れもいれば、青物を盤台に載せた棒手振《ぼてふ》りも走り抜けて行った。

遠くで鶏の声がした。

「団平、おれだ」

男のくぐもった声がして、廊下の障子が開いた。

眉毛の濃い男が、するりと、滑り込むように部屋に入って来るなり、

「桐ケ谷村の杉造が、今しがた成就院に入った」

団平に囁いた。

「なに」

団平が、慌てて成就院の山門に眼を転じた。

おそらく杉造は、団平が雨戸を開ける前に寺に入ったに違いない。

「出て来た」

団平の呟きを聞いて、又十郎が成就院に眼を向けた。

山門から出て来たのは、小ぶりの竹籠を背負った二十七、八の農夫だった。

目尻の下がった、人のよさそうな顔つきの杉造が、参道を中目黒町の方へと向かった。

「桐ケ谷村に戻るのではなさそうだが」

「杉造は今日、渋谷の下屋敷に行く日だ」

団平の疑問に、濃い眉毛の男が答えた。

「おれは杉造を付ける。お主はここで伊庭様を待て」

「分かった」

男が頷いた。

あっという間に身支度を整えた団平が、するすると、足音も立てずに部屋を後にした。

「あんた、名はなんというんだね」

又十郎が問いかけると、男は迷ったように、濃い眉毛を動かした。

「おいあんたと、呼ぶわけにも行くまい」

「伴六《ばんろく》ですよ」

仕方なさそうに口を開くと、やけに赤い上唇をペロリと舐めた。


日が昇るにつれて目黒不動への参道周辺は参詣の人々で賑わいをみせたが、又十郎は一歩たりとも表には出られなかった。

午後になって、横目頭の伊庭精吾が『いさご家』に現れると、伴六は目黒周辺の見廻りに出かけた。

伊庭が部屋に居ても話が弾むわけでもなく、又十郎はごろりと横になって午睡《ひるね》を決め込んだ。

夢うつつの中で、何度か、人の出入りする音、ひそひそと交わす声を聞いたが、内容までは聞き取れなかった。

近辺には、蛸薬師に出入りする侍を見逃すまいと、何人もの伊庭の配下が眼を光らせているに違いなかった。

「なに」

くぐもった伊庭の声を、又十郎は横になった背中で聞いた。

伊庭は障子を開けて、廊下の誰かと小声で話していた。

「申し訳ございません。もう一人連れて渋谷に向かえば、両方を追うことが出来たのですが」

密やかな団平の声だった。

又十郎は背中を向けたまま、寝たふりをした。

更に小声で返答した団平が、部屋から遠ざかると、障子の閉まる音がした。

どうやら、誰かの尾行が不調に終わったようだ。

四

『いさご家』の参道に面した部屋の障子に射していた日が、突然翳った。

目黒不動の高木や伽藍《がらん》の屋根が、西に傾いた日を遮って、日没前にも拘らず参道は日陰になってしまった。

「夕餉の支度が出来ましたけど、風呂はどうなさいます」

廊下から、丸顔の女中が顔だけ出してお伺いを立てた。

「夕餉を用意してもらおう」

又十郎や団平の意向は聞かず、伊庭が返答すると、

「三人分、すぐに」

部屋にいる人数を見た女中が、障子を閉めた。

バタバタと女中の足音が去るとすぐ、入れ替わりにするりと、伴六が入り込んで来た。

「先日、田町まで付けて見失った侍が、こちらに向かって来ております」

伴六が、伊庭に小声で告げた。

素早く窓辺に寄った団平が、窓の障子を細目に開けると、伊庭と伴六も張り付いた。

又十郎は、三人から離れた障子を開けて参道に眼を向けた。

日暮れの近い参道を、行楽や参詣の善男善女が行き交っていた。

「あの、編み笠の侍です」

伴六が、行人坂方向を指さした。

「顔こそ見てはいませんが、小太りのあの体つきと、足の運びに間違いはありません」

伴六が口にした体型の侍は、又十郎にもすぐ見分けられた。

背丈は低く、酒樽《さかだる》のようにずんぐりとした体に編み笠を被《かぶ》った二本差しの侍が、日暮れの近い参道を『いさご家』の方に向かって来た。

編み笠の侍は、迷うこともなく成就院の山門を潜《くぐ》った。

「おれんや辰二郎《たつじろう》にも知らせて成就院の周辺に目配りを」

そう命じた伊庭に頷いて、団平と伴六が立ち上がった。

「伴六は今の侍に気付かれているやもしれぬ。今日は他の者に行先を確かめさせよ」

「は」

返事をした団平が、伴六とともに部屋を出て行った。

「あれぇ。出かけるのかい」

素っ頓狂な女中の声がしたかと思うと、廊下の障子が大きく開いた。

「お待たせしました」

明るい声を掛けたのは、御櫃《おひつ》と茶器を持った小女《こおんな》だった。

その後から、三段重ねの御膳《ごぜん》を抱えた丸顔の女中が入って来て、

「お一人さんは、お出かけのようだけど」

と、伊庭を窺った。

「構わん。置いてくれ」

「はぁい」

二人の女中は、夕餉の膳を並べると、慌ただしく部屋を飛び出していった。

料理目当ての客や泊まりの客で、旅籠は混み合う時刻になっていた。

又十郎と伊庭は、窓辺近くに膳を並べて夕餉を摂った。

成就院の山門を窺いながら箸を動かすせいで、又十郎は料理を味わうどころではない。

参道に眼を遣った伊庭が、突然箸を置いた。

又十郎が視線を追うと、成就院から編み笠の侍が出て来たところであった。

四半刻（約三十分）もしないうちに山門から姿を現した侍は、夕闇迫る参道を、行人坂方向へと歩き出した。

その直後、山門付近に立った伴六の傍に、町人姿の男と女が近づいて何事か尋ねる素振りを見せた。

「あの二人は、手の者だ」

呟いた伊庭が、参道から窓辺を振り仰いだ伴六に、小さく頷いた。

伴六が道を教えるかのように指をさすと、町人風の男女は礼をするように頭を下げて、編み笠の侍が去った方へと足を向けた。

「あの侍が、成就院に潜む改革派の誰かに会いに来たと思われるか」

「分からぬ。分からぬが、行先は確かめておきたい」

伊庭の声は低かった。

編み笠の侍が浜岡藩士と分かれば、この後、密かに横目の監視が始まるはずだ。そして、兵藤数馬に同調する者だと断定されれば、同志が炙《あぶ》り出され、江戸や国元の藩政改革派はお家への謀反の罪で殲滅《せんめつ》されるに違いなかった。

そんな騒動の中心に数馬がいるということが、又十郎には信じがたいことだった。

黄昏《たそがれ》が迫ると、料理屋、旅籠、土産物屋の軒提灯に火が灯り、目黒不動へと導く参道の雪洞にも火が入った。

時刻はもうすぐ六つ半という頃合いだった。

旅籠の一つ部屋に居るものの、又十郎と伊庭はお互い話すこともなく、四半刻も口を利かなかった。

「辰二郎です」

「うん」

伊庭が返事をすると、廊下の障子が開いて、先刻、女とともに編み笠の侍を付けた町人風の男がするりと入って来た。

「どうした」

伊庭が声を低めた。

「編み笠の侍は、白金台町の途中から早道場《はやみちば》へ入り、興禅寺《こうぜんじ》の脇を下って渋谷川の天現寺橋《てんげんじばし》から下渋谷村へと向かいました」

田町の中屋敷に向かうものと思っていた辰二郎は、尾行を女に任せて、急ぎ知らせに戻って来たという。

「渋谷にな」

独り言のように呟いて、伊庭が腕を組むと同時に、廊下の障子が開いた。

「今しがた、成就院の裏門から、袴をつけた侍が一人出て行きました」

部屋に入るなり、伴六が告げた。

「団平も、これまで見たことのない侍だと言うておりました。それに、その侍が向かっている先が気になるとも口にしました。侍が向かった西北には大山道《おおやまみち》がございます。大山道を東へ曲がれば」

「渋谷か」

口にするや否や、伊庭がはじかれたように立ち上がった。

辰二郎が後を付けた編み笠の侍も、成就院から出た袴の侍も、どうやら渋谷方面に足を向けていることが、伊庭の疑念に火をつけたようだ。

渋谷宮益町には浜岡藩の江戸下屋敷がある。

「伴六は香坂殿を伴い、成就院を出た侍を追え」

伊庭が、低く冷ややかに命じた。

「辰二郎は、おれとともに渋谷に向かう」

伊庭から名指しされた辰二郎が、黙って頷いた。

「香坂殿」

身支度を整えて刀を摑んだ又十郎に、伊庭の声が掛かった。

「成就院を出た袴姿の者が、国元を出奔した謀反人と判明した時は、お分かりよな」

伊庭が、刺すような眼を又十郎に向けた。

「念には及ばぬ」

又十郎の声が、少し、かすれた。

目黒不動堂を有する別当瀧泉寺の広大な敷地の西側は、下目黒村の畑地だった。

月明かりに照らされた野道が、行く手の闇に延びていた。

菅笠をつけた又十郎は、速足の伴六の後ろに続いた。

道の両側にぽつぽつと見える農家に、明かりはなかった。

野道が丁字路になったところで、突然、祠の陰から人影が飛び出した。

「侍は、金毘羅権現《こんぴらごんげん》脇の道を中目黒村の方に向かっている」

小声を出した人影は、団平だった。

「やはり、渋谷に向かっているな」

伴六が眼を向けた方角に、黒々とした大きな塊があった。

どうやら、金毘羅権現社の森のようだ。

「急ぐぞ」

団平が先に立つと、すぐに伴六が続き、又十郎も急ぎ二人の後に続いた。

暗がりの畑地の野道を幾つか曲がると、川の近くに出た。

先を行く団平と伴六が、同時にふっと足を止めた。

「成就院の裏門から出た侍です」

又十郎を振り向いた団平が、声を低めた。

行く手の川に架かる橋を、笠を被った侍の黒い影が渡っているのが、又十郎にも見えた。

袴姿の侍の影が、橋を渡り切ったところで左に曲がった。

又十郎ら三人が、急ぎ橋を渡り、道を左へ曲がると、行く手に侍の後ろ影があった。

又十郎が、あっ、と口を開きかけて、慌てて閉じた。

先を行く侍の足の運びに、見覚えがあった。

「あとはおれが付ける」

又十郎が突然足を止めた。

「しかし」

伴六が異を唱えかけると、

「あの侍は兵藤数馬ですね」

声を低めた団平が、又十郎に鋭い眼を向けた。

「ほんの少しでよい。あの者と二人にさせてくれぬか。謀反人とはいえ義理の弟だ。聞いておきたいこともあるのだ」

「だが、あんたが逃がしでもすれば我らの落ち度になるんだ」

伴六が、低く鋭く言い放つと、歩を進めた。

「逃がしはせぬ」

又十郎は、先に立った伴六の前に回って刀を抜いた。

「香坂様」

団平が伴六の横に立って、懐に手を差し入れた。

「逃がすつもりはない」

又十郎が、静かに口にした。

この期に及んで逃がせば、又十郎はただでは済むまい。

又十郎だけにとどまらず、国元の妻、万寿栄や数馬の二親、ひいては、実家を継いだ兄の弥吾郎にまでも累が及ぶことになるだろう。

「二人で話をする間が欲しいのだ」

又十郎は二人に訴えた。

「近くで様子は見させていただきます」

団平が口にすると、又十郎は、なにも言わず頷いて人影の後を追った。

気付かれぬよう用心しながら、又十郎は先を行く侍との間を少しずつ詰め始めた。

おおよそ、十五間（約二十七メートル）ばかりに間が詰まった時、ジャリと、又十郎の足が小石を踏んだ。

立ち止まって振り向いた人影が、笠に手をやって急ぎ駆け出した。

又十郎もすぐに後を追ったが、人影の足は速く、徐々に間が開いた。

畑地の十字路を突っ切った又十郎は、前方を駆けていた人影が、道の左側のこんもりとした茂みに駆け込んだのを眼にした。

身を隠して、追手をやり過ごすつもりらしい。

腰の刀を左手で押さえた又十郎が、人影を追って茂みに駆け込んだ。

そこは低木に囲まれた敷地の中で、三、四十尺（約九から十二メートル）ほどの小高い山の麓には鳥居があった。

カサリと葉擦れの音がして、植え込みの陰から躍り出た人影が、鈍い光を放つ白刃を振り下ろした。

咄嗟《とっさ》に体を捻《ね》じって避けたものの、凄まじい太刀筋に又十郎の菅笠がバサリと裂かれた。

その直後、体を躱しながら抜いた刀の峰を、相手の刀に叩き込んだ。

キーン！　と、金属音が暗がりに響いた。

勢い余ってたたらを踏んだ人影が、切っ先を地面に突き刺して踏み留まった。

「数馬、おれだ」

又十郎が、刀を構えたまま声を発した。

「義兄上《あにうえ》」

人影から呟きが洩れた。

又十郎が裂けた笠を上げると、相手は笠を取った。

月明かりに、数馬の顔が浮かび上がった。

いずれ顔を合わせなければならないと覚悟はしていたが、まさか、夜の暗がりの中で向き合うとは思いもよらなかった。

「義兄上が、わたしの追っ手でしたか」

「藩命ゆえ、やむなき仕儀に立ち至った」

又十郎は、脱藩というお家の大罪を犯した数馬の追討を命じられたことのみを口にした。

「それもこれも、お家の行く末を憂えての決断でした」

大きく息を吸った数馬が、静かに口を開いた。

「浜岡藩は今、危うい道を進んでいるのです。それを正さなければ、お家の行く末に関わる事態となります」

数馬が懸念しているのは、藩政を牽引《けんいん》する国元の筆頭家老、本田《ほんだ》織部《おりべ》を始めとする上州《じょうしゅう》派が、国元の廻船《かいせん》問屋と手を結び、海運による交易で増収に成功していることだった。

海運による交易で藩が潤うのなら喜ばしいことだが、本田家老側の重臣らがひそかに富を得ているのだと数馬は断じた。

「疑われているのは、抜け荷です」

「なに」

又十郎の声はくぐもっていた。

数馬は、公儀の隠密や長崎会所が、日本海沿岸の越後《えちご》、北陸、中国、九州の諸藩に眼を光らせているのだと口にした。

「おそらく、浜岡藩もその標的になっているはずです」

数馬はさらに、この春、又十郎が見つけた水主《かこ》の死骸も、市中の仏具屋が姿を消したことも、公儀の探索に絡んだことだと断じた。

浜岡藩の海運業に疑惑の眼が向けられていることは、江戸の目付、嶋尾久作の口から聞いていた。

大名家を陥れて取り潰すためには謀略も厭《いと》わないと耳にしていたし、又十郎は実際、品川で公儀の密偵一人を斬った。

「抜け荷の摘発に誰よりも執心しているのが、殿様と同じ老中職の水野《みずの》越前守《えちぜんのかみ》様だということも分かっています」

「水野様だとどうだというのだ、数馬」

「何事にも杓子《しやくし》定規《じようぎ》で、正論を押し通そうとする水野様と、磊落《らいらく》な気風の我が殿様とは、かなり以前より犬猿の仲だという噂《うわさ》があり、それゆえに、浜岡藩へのお疑いは尋常ではないというのです」

数馬はさらに、国元において派閥の確執が明らかになれば、老中、水野に付け込まれる恐れがあるとまで口にした。

「そのようなことを、国元に居るお前がなにゆえ知りえたのだ」

「義兄上、わたしは勘定方でございます」

そう答え、数馬は又十郎を正視した。

毎年毎年、収支の流れを見ていると藩の事情がそれとなく窺えるのだと言った。

その上、藩の祐筆《ゆうひつ》である幼馴染《おさななじみ》の小市郎《こいちろう》は、江戸屋敷や大坂蔵屋敷などから届く文書に眼を通したり、国元から発する公文書を書いたりするのが務めだった。

職務上知りえた情報を密かに突き合わせた数馬と小市郎は、藩の政策と収支に疑問を抱いたという。

「藩政に疑義を感じたのは、我らだけではありません。わたしは勘定方に就いた三年前、お手伝いとして一年、江戸屋敷に詰めたことがございました。その折に意気投合した友人から、国元に抜け荷の疑いはないのかと尋ねられたのが、国元に帰参してすぐのことでした」

それ以来、数馬と小市郎は心許せる同志たちと、藩政を注視した。

それで見えてきたのが、抜け荷の疑惑だった。

重役たちが、私腹を肥やすために抜け荷に手を染めたわけではないにしろ、お家の存続を危うくするような不正は、即刻やめさせなければならないと、数馬はそう力説すると、大きく息を吐いた。

「切迫した国元の有様を江戸の同志と共に、参勤なされた我が殿に訴え出るべく、国を出奔したのです」

気負いこむこともなく、数馬は淡々と打ち明けた。

「しかし、江戸行きをお奉行様なりに申し出てもよかったではないか」

「いいえ。正規の手続きをしても、許可は得られぬと存じました」

数馬は断言した。そして、

「義兄上は覚えておいでですか。小市郎とわたしが侍数人に刃を向けられたことを」

又十郎はもちろん覚えていた。

鏑木道場の門人たちと浜岡浦の居酒屋で送別の酒宴を催した夜だった。

一人家路に就いていた又十郎は、数馬と小市郎を取り囲む覆面の侍たちの間に割り込んだ。

奉行所の同心頭だと名乗ると、覆面の侍たちは逃げ去った。

「あの者たちは、藩政に疑義を抱いているわたしと小市郎を亡き者にしようとする、おそらく本田家老側の連中です」

話を聞いて初めて、数馬の身辺は切迫していたのだと又十郎は知った。

江戸に赴き、藩主忠煕《ただひろ》に実情を訴え出るという数馬に、かえって逆効果だと反対する同志もいた。小市郎には逸《はや》るなとも言われた。

「ですが、浜岡にいても危機は去りません。ならばと、思い切って国を出ることにしたのです」

「江戸に行っても、ただでさえお目通りの叶《かな》わぬ殿様に、脱藩したその方が会える道理があるまい」

「いえ。わたしは、わたしにになら、会って下さるのではと」

軽く俯《うつむ》いた数馬が、小さく息を吐いた。

「江戸屋敷に一年余り詰めている間に、殿のお傍近くに度々《たびたび》呼ばれたのです」

数馬が呼ばれたのは、勘定方としてではなかった。

藩校である道心館《どうしんかん》の首席だった数馬は、読んだ書物のことなどを尋ねられたという。

その後は、花見や月見、川船遊びなどにも誘い出された。

「そんなわたしを、殿様の稚児《ちご》だと陰口をたたく者もいましたが、学問のことで意気投合したのです」

数馬は、苦笑いを浮かべた。

「しかし、殿のおわす上屋敷へなど近づけまい」

「無論です」

　数馬の返事は落ち着いていた。

江戸に出府した藩主忠熙は、先々代の藩主照政とその奥方の眠る菩提寺への墓参を欠かさないのだという。

「三日後は、殿様の祖母、常泉院《じょうせんいん》様のご命日ですから、小石川《こいしかわ》の『善仁寺《ぜんにんじ》』に参られるはずです」

千代田《ちよだ》の城への登城と違って、墓参の供連れは人数も少なく、警備も緩いので、前もって寺内に潜んでいれば、墓参の後の殿に近づくことは可能だと数馬が述べた。

「おれは、それを阻まねばならぬ」

「ならば、ここでわたしとお立ち合いを」

数馬が、ゆっくりと又十郎に刀を向けた。

「なぜだ」

又十郎の声がかすれた。

「義兄上はお分かりのはずです。藩命を帯びてわたしを討ちに参られたからには、立ち合うほかありますまい」

数馬の言うとおりだった。

「義兄上がここで引けば、我が兵藤家は無論のこと、義兄上のご実家、戸川《とがわ》家にもなんらかの処断が下されることにもなります。是非にもお立ち合いを」

「しかし数馬、なにか、他に手はないのか。なにか」

又十郎は、むしろ己に問いかけていた。

「討ちもらして逃げられたとか、行方が知れなかったとか」

「義兄上」

数馬から厳しい声が飛んだ。

この状況から抜け出す道はないのかと足掻《あが》いている又十郎を、数馬は叱責していた。

無駄なことは、又十郎も分かっていた。

闇の向こうには、二人の様子を見ている者がいるはずだった。

「仕方ないのか」

呟いた又十郎は、腰のものをゆっくりと抜いた。

「勝負は分からぬが、もしお前が勝ったら、万寿栄を頼むぞ」

「もし、わたしが負けたら、国元の山中《やまなか》小市郎と小菊《こぎく》さん兄妹に累が及ばぬようお取り計らい願います」

そんな力があるはずもなかったが、又十郎は、頷いた。

刀を構えて腰を落とすとすぐ、数馬が正面から刀を打ち込んできた。

予期しなかった数馬の攻勢を、すんでのところで躱すと、又十郎が刀を正眼に構えた。

「タアッ！」

と、数馬が斬り込んだ。

キン、と、数馬の刀を払いのけただけで、又十郎は二の太刀を繰り出そうとして躊《ため》躇《ら》った。

「義兄上っ、躊躇われますな！」

数馬が眼を吊《つ》り上げて怒声を発した。

又十郎は、義弟の覚悟を初めて眼にした。
十六、七だった数馬に、初めて剣術を指南したのが又十郎だった。
万寿栄と夫婦になったばかりの頃、峰の坂の香坂家を訪ね来ては、剣術を教えてくださいと、数馬がねだったのだ。

ある程度形になったところで、鏑木道場に入門させた。

だが、隠居した父親の嘉右衛門《かえもん》から家督を継いで勘定方となった数馬は、道場から遠ざかることとなった。

そのまま続けていれば、鏑木道場では五本の指に数えられる剣士になっていたはずだ。

「闘いの場で、手加減をしたり、躊躇いを見せるというのは、相手を軽んじることだ」

　剣術を教えながら、説いて聞かせた言葉が、命のやり取りをするこの場で己れに跳ね返ってくるとは思いもよらなかった。

　数馬の怒声は、又十郎への叱責だった。

「トオーッ！」

　数馬が喉元に突きを入れて来た。

　右足を後ろに引きながら、相手の刀を脇に流した又十郎が、返す刀で数馬の腹を斬り上げた。

　袴の紐を裂いた又十郎の刃は、数馬の下腹部から脇腹まで切り裂いていた。

　血しぶきが飛び、数馬が膝を突くと、素早く跪《ひざまず》いた又十郎が数馬の体を抱きとめた。

「義兄上に討たれたのが、せめてもの救いです」

　笑みを見せようとした数馬の口から、血の泡とともに弱々しい声が洩れた。

「数馬っ」

「義兄上は、藩命として脱藩者を討たれた。決して悔やまれますな」

　数馬の声が、さらに弱くなった。

「義兄上」

「なんだ」

「この夜のことは、姉上には決して口になさらぬよう」

又十郎には、返す言葉がなかった。

「江戸、下屋敷、筧《かけい》道三郎《みちさぶろう》は――、筧には」

そこまで言葉を発したが、後は続かず、二、三度口を動かした数馬は、そのまま事切れた。

「数馬、すまぬ」

又十郎が、数馬の頬を掌で撫でた。

そして、抱いていた上体をゆっくりと地面に寝かせた。

謀反人を討ち取った後は立ち去れ――伊庭からそう厳命されていた。

しかし、なにかし残したことがあるようで、又十郎は去るのを逡巡《しゅんじゅん》した。

数馬を我が手で斬ったことは言えないまでも、死んだことはいつの日か親族も知ることになる。姉の万寿栄や老いた両親のために、せめて形見ぐらい残してやりたい衝動にかられた。

片膝を突いた又十郎は、脇差を抜いて数馬の髷《まげ》を切り取った。

五

どこを歩いているのか、まったく見当がつかなかった。

数馬を討った場所を後にした又十郎は、元来た道を引き返したような気もする。

川沿いの道を進むと、行きがけに通った橋の袂に出たのは覚えていた。

そこから川沿いに進めば目黒に戻ったのかもしれないが、又十郎はどうやら別の道へ足を向けたようだ。

道が分からなくなったのは、不案内のせいだけではなかった。

義弟の命を奪ったという悔恨、万寿栄への申し訳なさに、又十郎の心境は乱れていた。

どこへ向かおうという気すら起きなかった。

心身ともに疲れていた。

坂道を上り切ると、そこからは下り道になっていて、道の行く手に町家の影が立ち並んでいるのが眼に入った。

休める場所があるなら、休みたかった。

しかし、道の両側に立ち並ぶ人家は無論のこと、旅籠や料理屋と思《おぼ》しき商家にも明かりがなかった。

暖簾を掲げる時刻は、とっくに過ぎたようだ。

先刻まで、又十郎の背後から人の足音がしていたが、いつの間にか聞こえなくなっていた。

人けのない道を通り抜けた先に、川があった。

小さな橋を渡ると、道が三方に岐《わか》れていた。

又十郎は、真ん中の道へと足を向けた。

暗がりの先に聳《そび》える黒々とした影は、寺の伽藍の大屋根に違いなかった。

寺なら、休む場所に事欠くことはないはずだった。

畑地の道を進んだ先に、二階建ての楼門が姿を現した。

楼門には山号の記された扁額《へんがく》があるはずだが、階上の暗がりに沈んでいて、確かめる術《すべ》はなかった。

門の向こうの境内は黒々とした闇で、伽藍の様子は窺えない。

又十郎は楼門の下に腰を下ろした。

なにも境内に入らなくとも、体を休めるには楼門の下で十分だった。

柱にもたれた又十郎が天を仰いで、ふうと、息を吐いた。

月が出ていたはずだが、楼門の陰になって、又十郎には見えなかった。

数馬が、死んだ——腹の中で呟いて、がくりと項垂《うなだ》れた。

斬り殺したのはおれだ——腹の中で、さらに吐き出した。

又十郎に斬られたのが、せめてもの救いだと数馬は口にしたが、それは本心だったのだろうか。

又十郎は、数馬と初めて会った時の冷ややかな眼差しを思い出した。

七年前の、万寿栄との祝言の夜、数馬は終始、又十郎に険しい眼を向けていた。

『あぁ、そのことですか。あの時わたしは、姉を取られたような思いだったのですよ』

峰の坂の香坂家に足繁くやって来るようになった頃、数馬が笑って打ち明けた。

数馬は、剣術の稽古以外にも、よく香坂家に現れた。

時節になれば、裏の畑地の青物や豆、里芋の収穫に来たし、実の生《な》った柿を枝ごと肩に担いで帰っていくこともあった。

又十郎が豊浦《とようら》に住む漁師の勘吉を訪ねた帰り、同じ年頃の娘と並んで浜岡大橋《はまおかおおはし》を渡る数馬の姿を見たのは、二年前のことだった。

「あぁ。あれは、小市郎の妹ですよ」

香坂家に現れた折に尋ねると、数馬の声は素っ気なかった。

「山中様にお妹さんがいらしたのですか」

万寿栄が口を開くと、

「小菊さんという名でして」

妹の名を口にした途端、数馬の顔にすっと赤みがさした。

万寿栄がさらに矢継早《やつぎばや》に問いかけると、いい娘だと思っていると白状した。

その物言いに、いずれは妻にと考えている数馬の心情が滲《にじ》み出ていた。

それらの光景が、つい昨日のことのように蘇った。

嫁を取ることもなく、数馬を死なせてしまった——又十郎の口から、ため息が洩れた。

疲れてはいるものの、いろいろな事が走馬灯のように頭の中を駆け巡った。

どれほど時が経ったか、ひたひたと近づいて来る足音に気付いた。

又十郎が、立てかけていた刀を摑んだ。

「ここだったか」

楼門の下で仁王立ちをした伊庭精吾が、又十郎を見下ろした。

伊庭の傍には、団平、伴六、辰二郎のほかに、町娘のような装りの女、遊び人に身をやつした男二人がつき従っていた。

「香坂殿が手に掛けた者は、謀反人、兵藤数馬に相違ないな？」

伊庭に問われて、小さく頷いた又十郎は、

「数馬の亡骸《なきがら》はどうなった」

気になっていたことを口にした。

「打ち捨てておくわけにはいかぬゆえ、別の所に埋めた」

「埋めるなら、あの場所でもよかったのではないか」

又十郎が、半ば咎《とが》めるような声を伊庭に向けた。

「人がよく訪れる富士塚《ふじづか》ゆえ、あそこに埋めるわけには行かぬ」

伊庭が口にしたのは、目黒元富士《めぐろもとふじ》と呼ばれる富士塚だった。

数馬を追って行ったところで眼にした小高い山が、富士山を模したもののようだ。

「亡骸は、富士塚からそう遠くない、目黒川の畔《ほとり》の木立の中に埋めました」

団平が又十郎に告げると、近くにいた男二人が小さく相槌を打った。

亡骸を運び、穴掘りにも加わったのだろう。

「義弟の墓所がどこか、知っておきたい。どなたかに案内を頼みたい」

腰を上げた又十郎が、有無を言わさぬ物言いをした。


寺の楼門を後にしてしばらく歩くと、辺りが白んできた。

日の出までにはまだ間があるが、近隣の風景が又十郎の眼にはっきりと映りはじめた。

野道の先の四つ辻《つじ》をまっすぐ進むと、橋を渡った。

数馬を埋めた場所の案内に立ったのは、伊庭と団平、そして伴六の三人だった。

「昨夜も通った覚えがあるが、この辺りはなんという所だ」

又十郎が尋ねると、伊庭の後ろを伴六と並んで歩いていた団平が、

「橋が架かっていたのが渋谷川で、この先は、渋谷広尾町《ひろおちょう》です」

と、振り向いた。

町並みを貫く往還は、大山道だと団平が言い添えた。

「おれがあの寺にいるのを、誰か知っていたのか」

前を行く三人に問いかけた。

昨夜、渋谷広尾町に差し掛かった時、背後に聞こえていた足音が消えたことを思い出したのだ。

「足音は、消したつもりだったがね」

振り向いた伴六が、赤い唇を歪めてにやりと笑った。

数馬を討ち取った又十郎がどこへ向かうか、大体の見当を付けてから、渋谷に出向いていた伊庭に知らせたのだという。

「昨夜、改革派の連中の談合はあったので？」

先を行く伊庭に、又十郎が聞いた。

昨日、下屋敷から出た二人の藩士の動き、目黒の成就院に現れた小太りの侍の動きなどから、数馬を交えた改革派の談合が渋谷近辺であるのではないかと、伊庭は推測していたのだ。

「それらしい侍の集まりは、見つからなかった」

振り返りもせず、伊庭が返事をした。

「兵藤数馬がどこへ向かったのか、それを見極めるまでおれに手出しをさせなければよかったのだ」

又十郎が皮肉を込めた。

伊庭の顔が、もの言いたげに歪んだ。

数馬を談合の場に行かせ、そこに誰が集まるかを知ってから、暗殺なり捕縛なりに取り掛かる手もあったはずだ。

「いや。そうすれば、その場に来なかった国元の改革派の炙り出しがかえって難しくなる恐れもある」

伊庭は言い返した。

嶋尾久作や伊庭らは、藩政改革派というものの実態を把握できていないようだ。

数馬を手に掛けた目黒元富士の前を通り過ぎる頃、すっかり明るくなった。

坂道を下り、右側を蛇行する目黒川沿いの道を進むと、団平が、川とは反対側の高木や低木が入り混じる林の一角へと案内した。

「ここです」

団平が地面を指し示した。

白樫《しらかし》やあけび、石楠花《しゃくなげ》やつつじなど、雑多な木に囲まれた中に畳一畳ほどの空き地があり、片隅に盛り土がしてあった。

墓標も何もない土饅頭《どまんじゅう》である。

樹間に落ちていた長さ六寸（約十八センチ）ばかりの石を摑むと、又十郎が土饅頭の上に置いた。

又十郎はさらに、藪椿《やぶつばき》の一枝を脇差で切り落とした。

その枝にしがみ付いていた、色褪《あ》せて萎《しお》れた花弁が、無残に散った。

小枝を払って棒状にした枝を、又十郎が土饅頭の石の傍に立てて、墓標とした。

藪椿の盛りは過ぎていたが、浜岡でよく見かける雪椿はこれからが花の時期だった。

若い数馬は、これから花を咲かせるはずだったのだ。

その花を咲かせる木の幹を、役目とは言え、又十郎が切った。

「兵藤数馬の死は、身内に知らされるのか」

墓標に手を合わせた又十郎が、伊庭を振り向いた。

「我らは知らぬことよ」

そう口にして伊庭は顔をそむけた。

素早く脇差を抜いた又十郎が、伊庭の喉元に切っ先を向けた。

「殺しはせぬ！」

得物に手を伸ばした団平と伴六を、又十郎が声で制した。

「目付の嶋尾様に、急ぎ会いたいと伝えてもらいたい」

伊庭の顔を睨《にら》みつけた又十郎が、押し殺した声を発した。

伊庭は、動揺することなく、ゆっくりと頷いた。

その時、樹間の先の川面がきらりと光った。

又十郎には、今やっと、長い夜が明けたような思いがした。

第四話　脱藩もの

一

神田《かんだ》八軒町《はちけんちょう》の『源七店《げんしちだな》』は夜明け前から、雨に降られた。

しとしとと、止《や》みそうで止まずに昼になろうというのにまだ降り続ける雨に、鬱陶しさを覚えはじめた。

昨日の朝、目黒《めぐろ》から戻った又十郎《またじゅうろう》は昼過ぎまで眠り呆《ほう》けた。

寝不足もあったが、義弟の数馬《かずま》を斬ったことで、心身ともに疲れていた。

何をするということもなく、昨日一日、だらだらと無為の時を過ごした。

今日も長屋から出られぬとなれば、気が滅入《めい》りそうだ。

どこで弾いているのか、三味線の爪弾きが路地に流れていた。

脱藩した数馬を討つという役目を果たした又十郎は、すぐにでも浜岡《はまおか》に帰れるはずなのだが、嶋尾《しまお》久作《きゅうさく》からはなんの音沙汰もなかった。

雨を眺めていた又十郎は、ふうと息を吐くと、火のない長火鉢の縁に両手を突いて腰を上げた。

五徳《ごとく》に載った鉄瓶を提《さ》げて土間に下り、残っていた水を流しに捨てた。

水甕《みずがめ》の蓋を取って差し入れた柄杓《ひしゃく》が、コトリと底を突いた。

水は、甕の底にほんの少し残っているだけだった。

この何日か、又十郎には水を汲《く》み置きする余裕もなかったのだ。

土間の隅の木桶には、数馬の返り血を浴びた着物を丸めて、置きっ放しにしていた。

江戸に来てから買い求めた古着だった。

「相変わらず下手だねぇ」

路地からお由《よし》の声がした。

「三味線習ってひと月だ。これが半年もしたら、お前さん、おれに惚《ほ》れるぜ」

言い返した声は、喜平次《きへいじ》だった。

格子窓から路地を見ると、喜平次の家の格子窓から離れたお由が、傘を畳んで又十郎の向かいの家に入って行った。腕に小さな壺《つぼ》を抱えていたところを見ると、買い物帰りだったのだろう。

朝からの雨で、針売りのお由も船頭の喜平次も仕事に出られず、長屋でくすぶっているようだ。

喜平次の家の中から、三味線の音がしなくなっていた。

流しの脇に置いていた手桶《ておけ》を摑《つか》んだ又十郎が、小雨の降る路地へと飛び出した。

傘も差さず井戸へと向かうと、夜鳴き蕎麦《そば》の友三《ともぞう》の家から薬湯の匂いがした。

寝込むほどではないものの、体の弱い友三の女房、おていは滅多に外に出ることはなく、又十郎はまだその顔を見たことがなかった。

井戸の屋根の下に立った又十郎が、釣瓶《つるべ》を落とした。


長火鉢に戻した鉄瓶から、ちんちんと湯が鳴りはじめた頃、雨が上がった。

晴れ間こそ見えないが、路地も家の中も先刻より幾分明るくなっていた。

長火鉢の縁にもたれて軒端《のきば》の雨だれを眺めていると、一昨日の夜のことがふっと頭を過《よぎ》った。

義兄上《あにうえ》と叫んで、刀を向けた数馬の思いつめた顔や、躊躇《ためら》いを詰《なじ》った怒りの声が、又十郎の胸を締め付けた。

『この夜のことは、姉上には決して口になさらぬよう』

恨みごと一つ口にすることなく死んでいった数馬の気遣いが、又十郎にはかえって不憫《ふびん》だった。

腰を上げた又十郎は、押入れから柳行李《やなぎごうり》を出して、畳に下ろした。

中には浜岡を発つ前に着て来た綿入れの着物と下帯などわずかな物が入っているだけだった。

いずれ国へ帰る身だった又十郎は、江戸であれこれ買い足すことはしなかった。

先日買い求めた包丁と俎板《まないた》は、江戸を去る時には隣家の富五郎《とみごろう》のおかみさんにやるつもりだ。

又十郎が、行李の底から、昨日仕舞いこんでいた、紙に包んだ数馬の遺髪を取り出した。

その遺髪を数馬の親や万寿栄《ますえ》に見せる折がいつ来るのか。その時、数馬の死をどう説明するのか。その思いが又十郎の気を重くしていた。

遺髪《いはつ》を仕舞おうとした又十郎の手が、ふっと止まった。

行李の底に置いていた綿入れの襟から、黒い糸が一寸（約三センチ）ほど出ているのが見えた。

綿入れを取り出して、右襟の縫い目からほつれた糸を噛み切ろうとした時、又十郎の指が、襟の中の小さな硬い物に触れた。

縫い目を広げると、襟の中に、油紙に包まれた薄い板状のものがあった。

油紙を開いた又十郎が、「あ」と低い声を出して、瞠目《どうもく》した。

油紙に包まれていたのは、横幅一寸足らず、縦二寸ほどの守り札だった。

浜岡、峰の坂の香坂家近くにある白神神社《しらかみじんじゃ》では神符《しんぷ》とも呼ばれる守り札である。

密かに襟の中に入れたのは、万寿栄に相違なかった。

大坂に発てという藩命を帯びてから、翌朝旅立つまでの間、又十郎はほんの少し仮眠を取った。

その間に、万寿栄は綿入れの襟に、神棚から拝借した守り札を縫い込んだのだろう。

燭台の傍で針を動かす万寿栄の姿が、又十郎の眼に浮かんだ。

又十郎は思わず守り札を握りしめた。

「よし」

小さく呟《つぶや》いた又十郎が、急ぎ身支度を始めた。

『源七店』を後にした又十郎は、御成《おなり》街道へと足を向けた。

雨の上がった表通りに鐘の音がしていた。

九つ（十二時頃）を知らせる日本橋《にほんばし》の時の鐘だった。

地面は湿っていたが、しとしと雨だったお蔭《かげ》で、ひどくぬかるんではいなかった。

着流しの帯に刀を差した又十郎が、筋違御門《すじかいごもん》を通り過ぎて、日本橋の方へと急いだ。

目指したのは、岩倉町《いわくらちょう》の蠟燭屋《ろうそくや》『東華堂《とうかどう》』である。

通《とおり》四丁目の先を左に曲がった小路の奥が岩倉町なのだが、又十郎の足が止まった。

『東華堂』の手代、和助《わすけ》から、直に店先に姿を見せることは控えるよう、釘《くぎ》を刺されていたことを思い出した。

「香坂《こうさか》様じゃありませんか」

途方に暮れて佇《たたず》んでいた又十郎に、声が掛かった。

挟箱《はさみばこ》を肩に担いだ男が立ち止まって、笠《かさ》の前を上げた。

「おぉ」

笠の下で笑顔を見せていたのが飛脚屋の富五郎だと分かって、又十郎が声を上げた。

「こんなところでどうなさいました」

富五郎に問われた又十郎は、『東華堂』の和助に用があるのだが、店先に顔を出すのが憚《はばか》られるのだと、少し誤魔化して説明をした。

「なんなら、わたしが言付けしましょうか」

富五郎が請け合ってくれた。

蠟燭屋『東華堂』の主《あるじ》、源七《げんしち》は、『源七店』の家主である。

『源七店』の大家、茂吉《もきち》の所に顔を出す和助を富五郎は見知っていたから好都合だった。

又十郎が呼び出しの場所を口にすると、

「お安い御用だ」

富五郎が、小路の奥へと駆けて行った。

又十郎が待ち合わせの場所としたのは、岩倉町からほんの少し東へ行ったところを流れる楓川《もみじがわ》の材木河岸《ざいもくがし》である。

「お呼び出しとは、何事でしょう」

又十郎が河岸に着いて間もなく、和助が現れた。

「浜岡藩の嶋尾様から、なにか言って来てはいないか」

「ございません」

和助は即座に返答したが、冷ややかな口ぶりではなかった。

「なにかあればわたしがお伝えに参りますので、わざわざ日本橋までお出《い》でになることはございませんよ、香坂様」

和助が、穏やかな笑みを浮かべた。

逸《はや》ってやって来た又十郎の口から、吐息が洩《も》れた。

『源七店』を染めていた夕焼けの色が、六つ半（七時頃）近くになって色褪《いろあ》せはじめた。

早々に湯屋に行った又十郎は、六つ（六時頃）を過ぎた頃には夕餉《ゆうげ》を済ませていた。

「なんですか、わたしに御用とか」

土間の流しで茶碗《ちゃわん》を洗っていると、畳んだ雨合羽《あまがっぱ》と笠を小脇に抱えた富五郎が路地から顔を突き出した。

材木河岸で和助と会った後、『源七店』に帰ってきた又十郎は、富五郎の女房おまに、亭主が仕事から戻ったら話があると、言付けをしておいた。

「昼間は世話になった」

和助への言伝を頼んだ礼を述べると、又十郎は富五郎を家の中に招き入れた。

「いったい何事で」

框《かまち》に腰を下ろした富五郎が、土間近くに膝を揃《そろ》えた又十郎に体を向けた。

「富五郎さんのいる飛脚屋に文を頼めば、どこへでも届けてもらえるのであろうか」

「そりゃぁもう、あっしらは十七屋《じゅうしちや》とも言われるくらいですから、たちまちのうちに届けます」

富五郎が、自信をもって頷《うなず》いた。

十七屋とは、月々の十七日の夜の月に因《ちな》んでいるという。

月の出は日によって早い遅いがあり、殊に八月十七日の月は十八日以降の月より出るのが早いということから、たちまちのうちに出るというので、立待月《たちまちづき》と呼ばれていた。

頼んだものが忽《たちま》ちのうちに届くという意で、十七屋は飛脚屋の別称だった。

「届けてもらいたいのは、西国なのだが」

又十郎が、少し声を低めた。

「西国かぁ。あっしんとこは町飛脚でして、届けるのは江戸ご府内だけなんですよ」

そう言って頭に手をやった富五郎が、京、大坂《おおさか》の方に送るなら、定飛脚《じょうびきゃく》問屋に頼めばいいと言い添えた。

「京、大坂より先の、例えば、備前国《びぜんのくに》、あるいは出雲国《いずものくに》とか石見国《いわみのくに》に送るには、どうしたらよい」

又十郎は用心して、浜岡の名は伏せた。

書状を認《したた》めたことはあるが、相手方へは奉行所の下男などに届けさせていたから、又十郎はこれまで飛脚を頼んだ経験がなかった。

ましてや、遠方へ書状を送るなど皆無であった。

「そうですなぁ。江戸から大坂に送って、そこから先は、取次ぎをしてくれると思いますがね」

富五郎はそう口にしたものの、確信があるようには見えなかった。

「富五郎さん、いるかい」

路地から喜平次の声がした。

「うちの人は、香坂様の所だよ」

おはまが返事をすると間もなく、

「いたね」

喜平次が、路地から顔だけを突き入れた。

船宿の半纏《はんてん》を着ているところを見ると、仕事帰りのようだ。

「おれに用だったのかね」

富五郎が問うと、

「たまには、その辺で一杯やろうじゃないかと思ってさ」

喜平次がにやりと笑った。

「生憎《あいにく》だが、疲れたから、今日はよすよ」

喜平次に返答すると、

「じゃ、あっしはこれで」

富五郎が腰を上げた。

「わざわざすまなかった」

又十郎が礼を言うと、富五郎は片手を打ち振って路地に出て行った。

「富五郎さんとはなんだったんだい」

喜平次に聞かれて、又十郎は飛脚の一件を打ち明けた。

「文の送り先は、生国ですか」

「ん。いや」

又十郎は口ごもった。

「飛脚のことはよく知らねぇが、取次ぎなんぞがあるとすりゃ面倒なことになりそうだねぇ」

思案げに腕を組んだ喜平次が、

「文を送るなら、なにも飛脚じゃなくてもいいんじゃねぇのかい」

とんでもないことを口にした。

「その、西国とはいったいどこで？」

「名は、ちと憚《はばか》る」

「それじゃ、とあるお国ということにしましょ。そのとあるお国の商家の出店《でだな》が、江戸にありませんかねぇ。そういうのがあるというと、江戸とお国の間には人や物の行き来が頻繁にありますから、ことのついでに文を託すことも出来るんじゃねぇかと思うんだがねぇ」

喜平次がこともなげに言い切った。

様々な人を乗せる船頭という仕事柄、世事に通じているようだ。

北品川《きたしながわ》には備中屋の出店があった。しかし、備中屋に頼めば藩につつ抜けとなる。

ほかに江戸に出店を置くような浜岡の商家に、又十郎は心当たりがなかった。


朝餉を済ませた又十郎は、『源七店』を後にすると、神田佐久間町《さくまちょう》一丁目の小路を通って、神田川に出た。

日を浴びた神田川を、幾艘《いくそう》もの小船が行き来していた。

筋違御門の方へ足を向けた又十郎が、背後から近づく足音に気付いた。

針売りの装《な》りをしたお由が、又十郎と並び、笑みを向けた。

「昨日は男三人顔を突き合わせて、なんのご相談？」

お由が口にしたのは、昨夕、喜平次と富五郎が、奇《く》しくも又十郎の家に集まったことだった。

和泉橋《いずみばし》の『善き屋《よや》』に仕事に出る前、化粧をしながら話し声を聞いたと、お由が笑った。

「大方、酒の誘いか、悪所にでも行こうという相談でしょう」

「いやぁ」

又十郎が曖昧に返答をすると、

「喜平次さんにはお気をつけなさいましよ。あの人は遊び人ですから、香坂様が染まると大事になりますよ」

冗談めかした口ぶりのお由は、ははははと声にして笑った。

「香坂様はどちらへ」

筋違橋の袂《たもと》で、お由が立ち止まった。

「日本橋の瀬戸《せと》物町《ものちょう》へちょっと」

「あたしは、下谷《したや》の方ですから」

軽く頭を下げると、お由は御成街道を北へと向かった。

ちらりと見送った又十郎は、筋違橋を南へと渡った。

行先は、日本橋瀬戸物町にある定飛脚問屋である。

定飛脚問屋で、浜岡の万寿栄宛の文を託した又十郎は、日本橋の南へと足を向けた。

石見国までの飛脚の代金は結構な値で、書状一封につき銀一匁《もんめ》（約千七百円）であった。

十日ほどを要するということだから、書状が万寿栄のもとに届くのは、月が替わった五月の初め頃になるかもしれない。

『藩命により東国にいる。帰参の日も近い。安心せられたし。又』

素っ気ない文章だが、少なくとも又十郎の無事だけは伝わるはずだった。

瀬戸物町から伊勢町《いせちょう》堀《ぼり》の河岸に出たところで、又十郎の足がふっと止まった。

河岸を北へと進めば、神田川に架かる和泉橋を渡り、神田八軒町へと帰れる道筋だった。

又十郎は、昨日の夕刻、喜平次と飛脚便の話をした時のことを思い出していた。

江戸に出店を設けている国元の商家に、心当たりがないと言うと、

「廻船《かいせん》問屋でもありゃ、船便が江戸にも来てると思いますがね」

喜平次からそんな答えが返ってきたのだ。

廻船問屋『備中屋《びっちゅうや》』の江戸店が品川にあることを、又十郎は見て知っていたし、同じ浜岡の廻船問屋『丸屋《まるや》』、『岩田屋《いわたや》』の江戸店が霊岸島《れいがんじま》にあるということも耳にしていた。

江戸と行き来する船を持っている廻船問屋なら、飛脚便よりも安く浜岡まで書状を運んでくれるかもしれない。

そのことを廻船問屋に尋ねてみる気になった。

だが、浜岡藩の蔵屋敷がある品川の『備中屋』の出店に近づくつもりはなかった。

踵《きびす》を返した又十郎は、河岸の南に架かる荒布橋《あらめばし》から小網町《こあみちょう》に渡り、霊岸島へと向か

った。

江戸前海に近く、隅田川《すみだがわ》の河口に面した霊岸島界隈《かいわい》は水運の要所である。外洋と繋《つな》がる江戸前海には、諸国からの船が入り込み、隅田川を遡《さかのぼ》れば荒川《あらかわ》の上流とも繋がり、隣国の上総《かずさ》、安房《あわ》からの船にも利便な場所だった。

又十郎が湊橋《みなとばし》に立つと、霊岸島新堀を様々な小船が忙《せわ》しなくすれ違っている様が見えた。

堀の両河岸には蔵が立ち並び、接岸した小船から荷揚げしたり、荷を積み込んだりする人足たちの威勢のいい声が響き渡っていた。

橋を渡った又十郎は、『丸屋』や『岩田屋』がどこにあるのかも知らないまま、活気のある通りを当てもなく歩いた。

酒をはじめ、醤油《しょうゆ》、味噌《みそ》、酢などの看板を掲げた大店が軒を並べていた。京、大坂、播磨《はりま》の名を記した看板も多いが、九州や北国の商家の看板も見受けられた。

あたりをきょろきょろと見ながら歩く又十郎の横を、何台もの荷車が、ぶつかりそうな勢いで通り過ぎた。

新川《しんかわ》に架かる一ノ橋を渡って、隅田川の方へ曲がりかけた又十郎は、人に尋ねようと足を止めた。気配を感じて、視線を巡らせた。

るのが憚られた。
　だが、棒手振《ぼてふ》りや商家の小僧など、往来する者は誰もが先を急いでいて、声を掛
　『丸屋』と『岩田屋』を探し当てることが出来ないまま、又十郎は霊岸島を後にした。

二

　又十郎は『源七店』の路地で七輪《しちりん》に火を熾《おこ》していた。

　日本橋本石町《ほんこくちょう》の時の鐘が七つ（四時頃）を知らせてから半刻《はんとき》（約一時間）ばかりが経《た》った時分である。

　朝方行った霊岸島からの帰りに、鰯《いわし》を買い求めていた又十郎は、夕餉の膳に載せる腹積もりだった。

　飛脚の富五郎も、船頭の喜平次も、針売りのお由も昼の仕事から帰る前だったが、夜が仕事の友三は、今しがた、屋台を担いで『源七店』を出て行った。

「嶋尾様がお呼びです」

　友三と入れ替わりのように現れた『東華堂』の和助が、顔を近づけて囁《ささや》いた。

　又十郎が待ちに待った、嶋尾からの呼び出しだった。

「この前ご案内した玉蓮院《ぎょくれんいん》ですが、道は覚えておいでですか」

尋ねられて、又十郎は首を捻《ひね》った。

本郷《ほんごう》の加賀《かが》前田《まえだ》家の屋敷までなら一人でも行けるが、小路への入り口と、その先の道順に自信がなかった。

「では、わたしがご案内します」

和助が頭を下げた。

又十郎は、急ぎ七輪の火の始末をし、身支度を整えて、和助と共に本郷を目指した。

六つを過ぎた本郷の台地の東側の小路は、すっかり日が翳《かげ》っていた。

近隣には寺が多く、夕べの勤行《ごんぎょう》の声に交じって、鉦《かね》の音も聞こえた。

カァと鳴き声を上げながら、烏《からす》が数羽、西日に染まった空を北の方へと飛んで行った。

この辺りの寺社の境内を塒《ねぐら》にしている連中かもしれない。

前を行く和助が、角を左へと曲がった。

又十郎は、道の先に見覚えがあった。

「すまなかった。ここでよいぞ」

玉蓮院の山門前で、又十郎は和助に声を掛けた。

「それじゃわたしはこれで」

軽く辞儀をして、和助は今来た道を引き返して行った。

玉蓮院の庫裏《くり》で案内を乞うと、若い僧侶が先に立って、以前も通された離れへと又十郎を導いた。

夕闇の迫る境内の一角にある離れの障子に、蠟燭の炎と人影が映っていた。

「香坂様をお連れしました」

若い僧侶が声を掛けて、障子を開けた。

「ま、中に」

珍しく神妙な顔で腕を組んでいた嶋尾久作が、瞑目《めいもく》したまま口を開いた。

又十郎が中に入ると、外から障子を閉めた若い僧侶の立ち去る足音がした。

「国元を出奔した謀反人を、見事討ち取った由、その方の心底《しんてい》、察して余りある」

かっと眼《め》を開けた嶋尾が、又十郎をねぎらいでもするように、ほんの僅か頭を下げた。

又十郎は無言のまま、手を突いた。

「兵藤《ひょうどう》数馬の死は、国元には知らされるのでしょうか」

顔を伏せたまま、又十郎が尋ねた。

「いや。生死に関しては、一切公にはなるまい。出奔した兵藤数馬は、その後消息を絶ち、行《い》き方《かた》知れずのまま忘れ去られる」

又十郎が、目を見張って顔を上げた。

「しかし、これで、ご妻女の実家、兵藤家も、そなたの実兄、戸川弥吾郎《とがわやごろう》が後を継いだ戸川家も安泰となろう」

淡々と口にした嶋尾に、又十郎はなにも口を挟めなくなった。

「ときに、謀反人は、死に際に何か言い残しはしなかったかな。——江戸や国元の同志の名なり、なんなり」

「一言、恨みますと申して息を引き取りました」

又十郎が、大嘘をついた。

恨みを抱えたのは又十郎である。

義弟を討つ役目を負ってしまった己の運命を、恨んだ。

『江戸、下屋敷、筧道三郎《かけいみちさぶろう》は、——筧には』

数馬が口にした最後の言葉を、又十郎は伏せた。

筧道三郎は『味方』と言おうとしたのか、あるいは『敵』だったのか。

『筧には』の後は、気を付けろとでも言いたかったのか、数馬の真意も分からず、言葉の意味も理解出来なかった又十郎としては、軽々に口にするわけにいかなかった。

「嶋尾様。兵藤数馬を討ち取るというわたしの役目は果たしましたゆえ、国元に帰参致したいと存じます」

又十郎が少し改まった。

ん、と呟《つぶや》いた嶋尾が、腕を組んで小さく首を捻ると、

「それは、叶《かな》うまい」

絞り出すような声を洩らした。

「何ゆえにございます」

又十郎が手を上げた。

「国元の大目付、平岩左内《ひらいわさない》様からの便りによれば、その方も脱藩者の烙印《らくいん》を押されているようだ」

「なんと申される！」

「遠く離れた江戸に居ると、時々、国元のお歴々のお考えに、理解の及ばぬことがあるのよ」

「こたびの働きを以《もっ》て、沙汰止《さたや》みとなるよう、嶋尾様から国元へ、なにとぞお口添えを賜りとうござる」

又十郎が、嶋尾に迫るように、ツツッと膝を進めた。

「本来なら、謀反人の親族にも累が及ぶべきところ、格別のお計らいを以て、お咎《とが》めはなしとなったようだ」

「それでよしとせよと申されるか」

「まぁ、落ち着け」

「承服出来かねます。この上は国元に立ち帰り、お目付、ご家老に仔細《しさい》をお尋ねするほかありません」

「そなたを江戸から出したとなると、この嶋尾久作の面目が立たぬっ」

嶋尾が珍しく声を荒らげた。

「何もかも約束が違いすぎまする！」

又十郎も大声を張り上げた。

いきなり、パンパンパンと縁側の障子が開いて、刀を抜いたいくつもの人影が縁に立った。

気配を察していた又十郎は、間髪を容れず嶋尾に飛びかかると素早く引き抜いた脇差を首筋に当てた。

「入って来たら、首の刀を引くが、よいか」

飛び込もうした伊庭精吾《いばせいご》はじめ、団平《だんぺい》、伴六《ばんろく》、辰二郎《たつじろう》ら七、八人が、ギクリと縁で踏みとどまった。

「謀反人追討の用が済めば、わたしを端《はな》から亡き者にするお積もりでしたか」

「いや。今日の話の成り行き次第だよ」

嶋尾の声は落ち着いていた。

「脱藩者となったわたしと、どのような話があると申される？　それに、武士が一旦刀を抜いたからには、なんらかの決着がつくまで、そうやすやすと鞘《さや》に収めるわけには参りません」

又十郎に、命のやり取りをする覚悟は出来ていた。

武士が刀を抜くときは生死を賭ける覚悟をすべきだというのが、鏑木《かぶらぎ》道場で身に着けた心得だった。

だからこそ、むやみに刀を抜いてはならぬという教えでもあった。

「寺の中を血で汚すことになりますが、構いませんか」

又十郎が、嶋尾に向かって静かに問いかけた。

「御前試合で十人抜きをした香坂又十郎の腕を以てすれば、ここにいる者は倒せるかもしれん。だが、我が配下もそれなりの手練《てだ》れよ。最後の一人が、疲れ果てたそなたを討ち取るということもある。しかし、それでは、あまりにも失うものが多すぎて、胸が痛む」

首筋に刀を当てられたまま、嶋尾は淡々と口にした。そして、

「刀を収めよ」

伊庭に命じた。

その声に、団平ら配下が刀を収めた。

又十郎も、嶋尾の首から脇差を離すと、鞘《さや》に収めた。

「去ってよい」

嶋尾が伊庭に命じた。

「しかし」

「よいと申した」

伊庭の不安を、嶋尾が鋭い声で抑えた。

伊庭とその配下は、外から静かに障子を閉めた。

「心中は察するが、もはやそなたには否やを言う余地はないのだ。この上は、江戸に留《とど》まって、陰ながら、藩邸のゴミを一掃してくれぬか」

二人きりになると、嶋尾が穏やかに口を開いた。

「拒めば、なんとなされます」

「香坂又十郎の縁に繋がる者にお咎めをと、血気に逸る方々が、国元にはお出でになるやもしれぬ」

まるで他人事《ひとごと》のように、嶋尾が嘆いてみせた。

卑怯《ひきょう》な——胸の内で叫んだ又十郎だが、唇を噛《か》みしめるほか、術《すべ》がなかった。

嶋尾が、懐から一通の書状らしきものを取り出すと、又十郎の膝元に放った。

何事かと顔を窺《うかが》うと、『見ろ』という風に、嶋尾が顎を動かした。

手に取った書状を開いた又十郎が、思わず息を飲んだ。

今朝、日本橋の定飛脚問屋に託した、国元の妻、万寿栄宛の書状だった。

「国元の誰にも、江戸に居ることは口外無用と言ったはずだが。これはいかんな」

愕然《がくぜん》と顔を上げると、嶋尾がニコリと笑みを浮かべた。

その笑みが、又十郎の肝をひやりとさせた。

又十郎の身辺に、嶋尾久作の眼が向けられていたのだと、改めて思い知らされた。

「そなたには、なんとしても江戸に残って、力を貸してもらいたい」

嶋尾が大仰に手を突いて、畳に這《は》いつくばった。

「江戸の上屋敷はじめ、中屋敷、下屋敷で息を潜める藩政批判の輩《やから》は、いずれ炙《あぶ》り出して、処断せねばなるまい。藩内に乱れが生ずれば、公儀にお家取り潰《つぶ》しの口実を与えてしまうことになりかねぬ。遡《さかのぼ》ることおよそ百三十年前、江戸城に於《お》いて刃傷《にんじょう》に及んでお家断絶の憂き目に遭った播州《ばんしゅう》赤穂浅野《あこうあさの》家の二の舞になってはならぬのだ。浅野家は家臣三百余名とその家族が、一夜にして路頭に迷うこととなったのだ。お家の安寧は、すなわち家臣の安寧でもある。そのためにもどうか、この嶋尾久作を助けてもらいたいのだ、香坂又十郎」

嶋尾久作が、畳に額をこすりつけんばかりにひれ伏した。

又十郎の口から、小さくため息が洩れた。

脱藩はお家への反逆とみなされて、死罪に匹敵する行為であり、又十郎は討たれて当然の身の上になっていた。そのうえ、妻をはじめ、兄の家族まで人質に取られたも同じだった。

嶋尾が口にしたことが本心かどうかは分からないが、聞き入れるしか道はなかった。

「承知いたしました」

又十郎が、手を突いた。

「そうか。助けてくれるか。いやいや、よかったぁ。ささ、手を上げられよ」

促されて顔を上げると、満面の笑みを浮かべていた嶋尾が、

「だいぶ、月代《さかやき》が伸びたなぁ」

感慨深げに呟いた。

「すぐにでも、手入れを」

「いや。そのままでよいではないか。似合うぞ」

冗談めかした嶋尾の口ぶりだったが、『武士を忘れて、浪人に徹しろ』と言われたような気がした。

「その方、夕餉は済ませたのか?」

「いえ」

又十郎が返事をすると、

「それは好都合。今宵の話が纏《まと》まったらと、実は一席設けてあるのだ」

目尻を下げた嶋尾が、腰を上げた。

夜の闇に沈んで、不忍池《しのばずのいけ》の全容は見えなかった。

池のほとりに建つ料理屋や出合茶屋の灯火が、黒い水面《みなも》に映えていた。

又十郎が嶋尾に連れて来られたのは、池之端仲町《いけのはたなかちょう》の料理屋だった。

玉蓮院から池之端まで辻駕籠《つじかご》に乗って来たのだが、湯島《ゆしま》を通る道筋ではなかった。

玉蓮院前の坂道を下って根津権現《ねづごんげん》門前に出、宮永町《みやながちょう》、池之端七軒町《しちけんちょう》を経て、不忍池に至るまで、案外近い道のりだった。

「お待ちしておりました」

料理屋の玄関で番頭に迎えられ、又十郎と嶋尾は、二階の座敷に案内された。

「嶋尾様、湯島の梅見以来でございますね」

座敷に挨拶に来た女将《おかみ》が、親しげに口を利いた。

すぐに酒や料理が運ばれると、嶋尾が人払いをした。

「実は、困った事態になってな」

嶋尾がため息をついた。

二人とも手酌で、一杯目の酒を飲み干した後だった。

「いや、何もお家に差し迫ったことがあるということではないのだが」

小さく唸《うな》った嶋尾が、話を続けた。

北品川の『備中屋』の蔵に近づいた公儀の密偵を斬り、つい先日は、国元を出奔した謀反人を討ち取ったのが又十郎だということは、江戸屋敷の重役には知らせていたという。

「そのような使い手が江戸屋敷に居たのかと驚かれたので、昨年、国元の御前試合で十人抜きを成した香坂又十郎という者だと、お教えしたのだ」

そのことを知っているのは、江戸家老、真壁蔵之介《まかべくらのすけ》と留守居役の近藤次郎左衛門《こんどうじろうざえもん》の二人のみだった。

香坂又十郎はわけあってお家を離れ、今は、密《ひそ》かなお役目を負ってもらっているのだと、嶋尾は伝えたという。

真壁家も近藤家も、石見の浜岡藩に国替えとなった先々代藩主、松平照政《まつだいらてるまさ》に付き従って、上州から来た家臣の家柄である。

「困ったというのは、江戸留守居役の近藤次郎左衛門様なのだ」

ため息をついた嶋尾が、己の盃《さかずき》に酒を注《つ》いだ。

江戸留守居役というのは、将軍家お膝元の江戸にあって、政《まつりごと》に対する公儀の思惑などを思料、あるいは交渉事もこなしながら、藩の進むべき道を決める大事な役職だった。

「当家の近藤様は、お留守居役としては申し分のないお人なのだが、如何《いかん》せん、人の好《よ》過ぎるところがおありでな。つまり、なにかにつけて安請け合いをなさるのが、玉に瑕《きず》よ」

盃の酒を呷《あお》った嶋尾が、さらに続けた。

公儀との交渉ごとに携わる留守居役は、他のお家の動向にも目を配るという。

従って、他の大名家の留守居役や旗本家とも顔なじみとなり、普段から、悩み事、困りごとの相談をし合うほど、交流は親密だった。

悩み事や困り事は、なにも藩政に関わることだけではなく、江戸屋敷内の些細《ささい》な出来事にまで及ぶらしい。

「つい先日も、近藤様は、とある大名家の留守居役から相談を受けられたのだ」

辟易《へきえき》した物言いをした嶋尾が、小さなため息をついた。

近藤次郎左衛門にもたらされた相談事は、とある大名家の下屋敷に仕えるお納戸役《なんどやく》の行状についてであった。

品物の買い入れに携わるそのお納戸役は、とかく酒癖が悪く、酒が入るといつも周りと悶着《もんちゃく》を起こしていた。

剣術も並み以上に強く、後難《こうなん》を恐れて、誰も手向かうことが出来ない。

そのうえ、出入りの商人に賄賂《わいろ》を要求しているという噂《うわさ》もあった。

言うことを聞かない商人には容赦なく出入りを差し止め、言うことを聞く者だけを相手にしているという。

大名家の下屋敷は、江戸の屋敷全体で消費する食材、調味料、酒などの他、炭、油など様々な物資の保管場所でもあった。

江戸屋敷で費消される物資の量は甚大で、出入りが叶えば、商家に潤いをもたらし、そのうえ、大名家お出入りという箔《はく》もつく。

そのお納戸役は、商人の思惑に付け込んで、私欲を満たしていたようだ。

「そのお家では、内々の処分を考えたのだが、酒に酔って、自棄《やけ》になったお納戸役が、お家のあることないことを屋敷の外で口にするのではと恐れて、踏み切れなかったそうだ」

お家の重役たちは、暗殺まで考えたようだと、嶋尾が囁いた。

だが、刃傷沙汰となって、お家の不始末が公儀の耳に入るのを恐れて、これも実行には移されなかった。

それらを聞かされた近藤次郎左衛門様は、

「屋敷の外で、密かに討ち果たせばよかろう」

と、相談を持ち掛けた相手に囁いたという。

「しかも、それにうってつけの使い手に、心当たりがあるとまで、耳打ちなされたというのだ。つまり、香坂又十郎、そなたのことだ」

嶋尾が、近藤次郎左衛門には呆《あき》れ果てたというような物言いをした。

「それで？」

又十郎が問うと、

「香坂又十郎に、そのお納戸役の始末を申し付けよと、近藤様に、そう言いつかった」

嶋尾の顔に、初めて深刻な影が広がった。

「始末とは」

分かり切ったことを、又十郎が敢《あ》えて口にした。

「屋敷の外で、ひと思いに斬り捨ててもらいたい」

「どうあっても？」

「近藤様に頼まれると、断れぬのだ」

徳利《とっくり》を手にした嶋尾が、又十郎の前に膝を進めて、酒を勧めた。

又十郎が差し出した盃に、嶋尾が酌をした。

「それに、情は人の為ならずということもある。今、他家に恩を施したり、貸しを作ったりしておけば、いざ当家に災いが降りかかった時に、力添えをしてくれるということも、なくはない。武士は相見互いとは、公儀の言いがかりから逃れ、手を携えて生き残るための、合言葉よ。飲んでくれ」

嶋尾が、又十郎に向けて顎を動かした。

腹を決めて、又十郎が盃を飲み干した。

「その相手とは、どこで？」

「その算段は、こちらが」

そう口にすると、嶋尾がふたたび、又十郎の盃に酒を注いだ。

三

妻恋坂《つまごいざか》下から神田明神下《みょうじんした》の通りに、人通りは殆《ほとん》どなかった。

駕籠で屋敷に戻るという嶋尾を、池之端の料理屋の表で見送った又十郎は、神田八軒町まで歩くことにした。

池之端からそう遠くはない道のりである。

「どちらへお戻りで」

先刻、料理屋で行先を尋ねたが、嶋尾から詳しい返事はなかった。

藩邸の外に屋敷を持っているということだが、目付という役目柄、その場所を明らかにしたくないのかもしれなかった。

ふう、と、又十郎の口からため息が洩れた。

心ならずも義弟を討って、謀反人追討の役目を果たしたからには、国へ帰れるものだと思っていた。

それがこの夜、思いもよらない境遇へと突き落とされた。

否《いや》も応《おう》もなかった。

いったい、どうしてこうなったのか——道々、思い返してみたが、これだという答えは思い浮かばなかった。

ただ、見えない何かに搦《から》めとられているようで、心がざわざわと落ち着かない。

いったいなぜ——夜空に向かって吠《ほ》えたかったが、思いとどまった。

神田旅籠町《はたごちょう》の通りを左に曲がりかけた又十郎が、ふっと足を止めた。

昌平橋《しょうへいばし》の方にまっすぐ延びた道の先に見える屋台の方に足を向けた。

屋台に近づくと、行灯《あんどん》に『そば』の文字が浮かんでいた。

「人心地ついたぜ。御馳走《ごちそう》さん」

左官屋の半纏を着た若い男が金を置いて、湯島横町の方へふらりと歩き去った。

「ありがとう存じます」

去っていく客に声を掛けたのは、思った通り『源七店』の住人、友三だった。

近づいた又十郎に気付いて顔を上げると、

「こりゃ」

友三が、親しげに笑みを浮かべた。

「かけそばを貰《もら》おうか」

「へい」

友三が支度に取り掛かった。

「香坂様は、わざわざこちらに？」

「いや。帰る途中、明かりが見えたものでな」

「お出かけでしたか」

「あぁ」

軽く頷いて、又十郎は、屋台の近くに無造作に置かれていた石に腰掛けた。

料理屋に行ったものの、込み入った話の成り行きに、満足に料理を食べるどころではなかった。

神田川を、大川の方に、風が吹き抜けて行った。

夜風がだいぶ、生温《なまぬる》く感じられるようになっていた。

「以前、いつも、この場所で商うと聞いたが」

「へぇ。ここに屋台を置くようになって、十年になりましょうか」

「ほう」

又十郎が辺りを見回した。

近隣には旅籠《はたご》や小店が並び、職人の町も近くにあって、昼間は活気もあるのだが、夜ともなると昌平橋一帯は静まり返って、人通りもあまりない。

「夜になりますと、駕籠舁《か》き、遊び帰りの職人たちがよくやってくるんですよ」

又十郎の不審を見透かしたかのように口を開いた友三が、おまちどおと、湯気の立つかけそばを差し出した。

丼を受け取った又十郎は、石に腰掛けたまま蕎麦を啜《すす》った。

昌平橋を日本橋の方に渡ると、大名家の上屋敷、旗本家の屋敷などの武家屋敷が立ち並び、宿直《とのい》の合間に抜け出してくる家臣、渡り中間《ちゆうげん》などが空《す》きっ腹《ぱら》を抱えてやって来るし、江戸見物の連中が、旅籠を抜け出して来ることもあるのだと、友三が説明を加えた。

「この商いは長いのか」

「二十年になります」

「ということは、もともと蕎麦屋というわけではないようだね」

又十郎はなにげなく口にしたのだが、友三は驚いたように目を丸くした。

友三の年は、どう見ても五十代半ばである。蕎麦屋を始めて二十年ということは、三十を過ぎた頃までは、何か他の商売をしていたと考えられた。

「ええ、まぁ」

曖昧な返事をして、友三はその後、そのことには触れなかった。

「思いちがいでしたらお詫びしますが、何か気の揉めることでもございましたか？」

友三の声に、又十郎は箸を持つ手を止めた。

「江戸に来られたのにも、何かいきさつがおありだと思ってはいましたが、今夜の香坂様のお顔には、何やら思い詰めたような」

そこまで口にした友三が、

「よけいなことを」

と慌てて右手を打ち振った。

理不尽としか言いようのない嶋尾の要求を撥ね除けることが出来なかった無念に、又十郎の顔は夜叉の様相を呈していたのだろうか。

「いらっしゃい」

友三の声に顔を上げると、屋台の前に立った女が又十郎の眼に入った。

「かけを頂戴《ちょうだい》」

頭に載せた手ぬぐいを外した女が、疲れたような声を出した。

「久しく見なかったね」

友三が声を掛けた。

「うん。しばらく寝込んでたんだよ」

「具合は、もう、いいのかい」

「いいも悪いもさぁ」

友三に苦笑いをしてみせた女の眼が、又十郎に向けられた。

「あら、お侍さんがおいでだ」

女が、屋台を回って、又十郎の近くの石に腰掛けた。

三十を越したように見えるが、案外、二十七、八なのかも知れない。

「無理をしちゃ体に障《さわ》るよ」

友三が女に声を掛けた。

「体に障ったってさぁ、稼がなきゃ飢え死だもの。この前死んだお綱《つな》姐さんみたいに、首を吊ってしまいたいよ」

けろりと口にすると、女が空を見上げた。

「おじさんとこのおかみさんの具合はどうなのさ」

「相変わらずだ」

「難儀なこったねぇ」

女が、労わるような眼を友三に向けた。

「けど、おすみさん、難儀だろうが辛かろうが、寿命が来るまで死んじゃいけないよ。

今日、生きてさえいりゃ、善人だろうが悪人だろうが、朝は来るんだ」

「ふうん」

おすみと呼ばれた女は、感心したような声を出した。

「今がどうあれ、堪《こら》えて生きてさえいりゃ、人間、明日はどう転ぶか知れやしねぇってことだよ」

「分かるよ。あたしの妹分だったおかつって子は、玉の輿に乗って、煙草屋の後添《のちぞ》えになったくらいだもの」

「ま、そういうことだよ」

おすみを見た友三が、微笑んだ。

今はどうあれか――友三が口にした言葉を腹の中で復唱して、又十郎は蕎麦を啜った。

「おじさんには、娘さんがいるんじゃなかったかい。呉服屋のお針だかなんだか」

「お針だ」

「おっ母さんの面倒を見させるわけにはいかないのかい」

女が、口を尖らせた。

「娘は、住み込みだからさ」

苦笑いを浮かべた友三が、

「出来たよ」

屋台の縁に丼を置いた。

女が、屋台の傍に立って、蕎麦を食べ始めた。

食べ終えた又十郎が、丼を返しに腰を上げた。

「十六文（約四百円）でいいのかね」

又十郎が聞くと、

「さようで」

友三が頷いた。

夜泣き蕎麦の屋台など、浜岡で見かけたことのなかった又十郎も、ようやく江戸の蕎麦の相場が分かり始めていた。

「堅い顔が、少しほぐれてますよ」

友三が、銭を置いた又十郎に呟いた。

「だったら、それは友三さんのお蔭ですよ」

えっという顔をした友三に、又十郎は笑みを見せると片手を上げて、踵を返した。

「お侍さん、これからどちらへ？」

屋台を去りかけた又十郎の背に、おすみの声が掛かった。

「急ぎじゃないなら、食べ終わるまで待ってくれませんか。遊びの相談に乗りますよ」

箸を止めた女が、紅を注《さ》した唇を舌先で舐めた。

女の商売は、おそらく夜鷹《よたか》だろうと、又十郎は察しがついた。

「おすみさん、こちらはいけないよ」

友三がやんわりと窘《たしな》めた。

「どうして」

女が、不満そうに口を尖らせた。

「こちらは同じ長屋のお人でね。江戸にはまだ不慣れなんだよ」

「あぁ、そう」

友三におすみと呼ばれた女は、仕方なさそうに箸を動かした。

「それじゃ」

友三に声を掛けて歩き出した又十郎の背に、

「江戸に慣れたら、あたしに声を掛けておくれよっ」

屈託のないおすみの声が届いた。


芝、増上寺《ぞうじょうじ》裏の坂道を下ったところに広小路があった。

日が昇ってから朝餉を摂《と》った又十郎が、思い立って『源七店』を出たのは、五つ

（八時頃）の鐘が鳴りはじめた頃だった。

日本橋から京橋《きょうばし》、新橋《しんばし》と、ことさら急ぐこともなく歩いて、半刻ほどで行程の半分位が過ぎた。

又十郎が目指していたのは、目黒元富士《めぐろもとふじ》に近い目黒川の畔《ほとり》である。

そこには、義弟兵藤数馬の墓があった。

藩命によって数馬を討ち果たしたからには、すぐにでも浜岡へ帰参出来るものと思っていた又十郎の思惑は、昨夜、嶋尾久作によって、無残にも打ち砕かれた。

江戸に残る羽目になったことを知らせ方々、数馬が埋められた場所をはっきりと確かめておこうと思ったのだ。

川の畔の藪《やぶ》の中では、野ざらしのようで、数馬が哀れだった。

いずれは、どこかの寺に埋め直して墓碑のひとつも立ててやりたかった。

麻布《あざぶ》村を過ぎて新堀川《しんぼりがわ》に出た又十郎は、右へと足を向けた。

川に沿って西へ進み、天現寺橋《てんげんじばし》を越すと川の名は渋谷川《しぶやがわ》となる。そのまま進めば、大山道《おおやまみち》に至るはずだった。

案の定、半刻ほどで、見覚えのある、上目黒《かみめぐろ》村の田んぼ道に出た。

ここまで来ると、数馬が埋められた場所はすぐに分かった。

目黒川の畔の木立の中に、土饅頭《どまんじゅう》があった。

途中、下渋谷村の寺の門前で買い求めた切り花を土に挿し、又十郎は手を合わせた。

言うべき言葉も見つからず、口からは、ひとつ、ため息が洩れた。

「また、来る」

それだけ呟いて、腰を上げた。

目黒川の畔を後にした又十郎は、目黒元富士前から目切坂《めきりざか》を上り、三田《みた》用水を越した先で丁字路にぶつかった。

右に曲がれば、来るときに通った道筋だった。

又十郎は、丁字路を左へと曲がった。

代官山《だいかんやま》を通って、中渋谷村へと通じる道である。

先刻、土饅頭の前で手を合わせている時、

『江戸、下屋敷、筧道三郎は――、筧には』

数馬が死の間際に口にした言葉を思い出した。

渋谷の、浜岡藩江戸下屋敷は、上目黒村からそう遠くないところにあると聞いていた。

数馬が口にした筧道三郎という人物が、藩士なのかどうかも判然とはしないが、近くに来たついでに、下屋敷なりを見てみようと思い立った。

代官山を通って並木前に出た又十郎は、渋谷川を渡るとすぐ、十字路を左に折れた。

通りがかりの農夫に、浜岡藩の屋敷を聞くと、

「その先を右に行くと金王八幡《こんのうはちまん》があります。石見国の松平様のお屋敷は、金王八幡様の右隣りですよ」

と返事が来た。

ここまで、誰かに付けられている気配はなかったが、嶋尾久作を侮ってはならない。

「どうして下屋敷に近づいたのか」

いきなり問い詰められることがないとは言えない。

帰りは別の道を通りたかったと言い逃れは出来るが、下屋敷の場所を確かめるだけで、中の様子を探るようなことは、今のところ、避けた方がよさそうだ。

金王八幡宮の門前には、食べ物屋はじめ、茶店、土産物屋、旅籠などが軒を連ねていた。

門前町と道を挟んだ東側には、筑前《ちくぜん》、福岡《ふくおか》藩、松平家の下屋敷があり、浜岡藩の下屋敷は金王八幡宮境内の北隣りにあった。

夏の日射《ひざ》しが降り注いではいるが、田んぼを風が渡り、樹陰も豊富で、暑さが凌《しの》ぎやすく、行楽や参詣に訪れた人びとの姿が多く見かけられた。

又十郎は、浜岡藩下屋敷横の道へと曲がった人々の後に、紛れ込むように続いた。

先を行く男の三人連れから、金王八幡宮は桜の名所だという話し声が聞こえた。

下屋敷の周りには塀が巡らされて、屋敷内の様子は窺えなかったが、敷地の広さは噂通り、五万坪は優にあるのかもしれない。

下屋敷を後にした又十郎は、渋谷、宮益町《みやますちょう》の往還へ出た。

右へ向かえば、青山《あおやま》から赤坂御門《あかさかごもん》へ至る通りである。

往還に面した家の軒端で、『めし』と書かれた幟《のぼり》が揺れていた。

それを眼にした又十郎は、俄《にわ》かに空腹を覚えた。

神田への帰途に就く前に腹を満たしたかったし、真上から降り注ぐ日射しを避けて一休みもしたかった。

又十郎が、開けっ放しの戸口から飯屋の土間に足を踏み入れると、

「いらっしゃい」

小女の明るい声に迎えられた。

「ここでいいかね」

小女の勧める土間の奥の縁台に腰を掛けるとすぐ、近隣の寺の鐘が鳴り出した。

九つを知らせる鐘だった。

昼下がりの『源七店』は、いつものように静かだった。

渋谷で昼餉を摂《と》ると、又十郎は寄り道をすることなく神田八軒町に戻って来た。

時刻は間もなく、八つ半（三時頃）という頃合いだろう。

木戸を潜《くぐ》って、路地の奥に向かった又十郎の足がどぶ板を踏んで、コトリと音を立てた。

家の戸障子に手を掛けた時、

「今お帰りで」

大家の茂吉の声がした。

木戸に一番近い家の戸口から、茂吉が路地へ出て来た。

「朝方、香坂さんがお出かけになってすぐ、『東華堂』の和助さんが訪ねて見えたんですよ」

茂吉によれば、一旦立ち帰った和助は、昼少し前にも訪ねて来たという。

「その時もまだお帰りじゃなかったので、お帰りになったら渡すようにと、書付を預かっております」

「それはかたじけない」

又十郎は、茂吉が差し出した結び文を受け取った。

茂吉はすぐに、それじゃと、軽く頭を下げて踵を返した。

結び文を解きながら家の中に入り込んだ又十郎が、

『七つ半。深川《ふかがわ》、三十三間堂《さんじゅうさんげんどう》にて待つ。伊庭』

文面を見て、土間から上がりかけた足を止めた。

伊庭精吾からの文だった。

おそらく、池之端の料理屋で嶋尾久作が語った、とある大名家の厄介なお納戸役の始末に関することだと思われる。

七つ半（五時頃）まで、あと一刻（約二時間）しかなかった。

しかも、又十郎は、深川という地がどこにあるかさえ知らなかった。

四

神田八軒町を後にした又十郎は、大伝馬町《おおてんまちょう》から東堀留川《ひがしほりどめがわ》沿いを南に向かった。

その辺りは、以前、霊岸島に行った折に通った道筋だった。

「霊岸島新堀の先の永代橋《えいたいばし》を渡った先が、深川ですよ」

『源七店』からの出がけに場所を聞くと、行き方も、深川がどんな土地かも茂吉が教えてくれた。

徳川《とくがわ》四代将軍家綱《いえつな》の時代、江戸は明暦《めいれき》の大火（明暦三年〈一六五七年〉）に見舞われた。

その十五年後の延宝《えんぽう》年間、深川の地に材木置き場が作られ、元禄《げんろく》の頃になると、多くの材木商が移住した。さらに幕府から九万坪の土地が払い下げられて、深川の木場《きば》の礎になったという。

商人たちは九万坪の土地に縦横に水路を設け、海からの船の出入りを便利にした。しかも、満潮時には水路に海水が流入して、貯木場の材木に虫がつかないという好条件にも恵まれて、諸国から材木を買い付ける、木場材木問屋が確立したのだった。

永代橋は、大川の最下流に架かる橋だった。

橋の真ん中で立ち止まると、茂吉に聞いた新大橋《しんおおはし》が上流に見えた。下流側の欄干に近づくと、河口の先に石川島《いしかわじま》があり、その向こうに江戸前海が大きく広がっていた。

満潮時には海水も遡る故郷の浜岡川も水量が多く、河口近くは川幅も広いが、永代橋一帯はさらに壮観だった。

七つ半まであと四半刻（約三十分）ばかり間があるが、日は西方に大きく傾いていた。

又十郎の立つ永代橋からは、江戸城の方向に日は沈む。

国元の浜岡でも、浜岡大橋から見る夕日は城山の彼方に沈む。

又十郎が、感傷を吹っ切るように深川へと急いだ。

長さ百二十間（約二百十八メートル）余の永代橋を渡り、突き当たりを右へと折れた。

深川相川町《あいかわちょう》の先を左に曲がれば、永代寺《えいたいじ》門前から富岡八幡宮《とみおかはちまんぐう》前を経て、三十三間堂まで道は繫がっていると、茂吉が言っていた。

間もなく灯ともし頃を迎える永代寺門前は、心浮き立つような賑《にぎ》わいを見せていた。日本橋、神田辺りの賑わいとは違って、脂粉の香りの漂うような艶《なま》めかしさが感じられた。

木場が設けられて開発が進むと、深川に多くの寺社が作られたり、移転したりして、人が詰めかけるようになったと聞いた。

しかも、富岡八幡宮の門前町は風俗の取締りがゆるく、美女を抱えた料亭が歌や踊りで客を迎えて繁栄したようだ。

江戸城から見て北にある吉原《よしわら》遊郭が北里《ほくり》と呼ばれたのに対し、東南の方向にある深川は辰巳《たつみ》と呼ばれた。吉原は幕府公認の遊郭だったが、深川には、七場所と言われる岡場所もあって、両国《りょうごく》や浅草《あさくさ》の賑わいとは趣の違う歓楽の町だった。

永代寺と富岡八幡宮前の門前町を通り過ぎた又十郎は、三十三間堂の参道へと左に曲がった。

参道をほんの僅か進むと、木戸門の先が三十三間堂の境内だった。

木戸門近くに建つ茶屋の表の床几《しょうぎ》には、参拝帰りらしい人たちが一休みしている姿があった。

床几に一人腰掛けていた男が、又十郎に向けて小さく会釈を送って来た。

商家の主人のように装った伊庭精吾だった。

又十郎が、伊庭の横に並んで腰掛けた。

「お出かけだったようで」

「墓参りにな」

又十郎が返事をすると、

「帰りは渋谷の方に回られたようで」

伊庭の物言いは、丁寧で穏やかだった。

だが、又十郎には嶋尾配下の横目《よこめ》の眼が注がれていることが、はっきりとした。

「嶋尾様から聞いていると思うが」

伊庭が話し出したのは、浜岡藩の留守居役、近藤次郎左衛門が、さる大名家の留守居役から請け負った、下屋敷のお納戸役の始末に関することだった。

「そのお納戸役は、そろそろ屋敷を出て、永代寺門前町の料理屋に入ることになっている」

伊庭が淡々と口にした。

お納戸役の侍は、下屋敷に出入りする酒屋の主から、料理屋で一席設けたいと誘われると、一も二もなく応じたという。

日ごろから接待を強要するお納戸役の噂は知られており、件《くだん》の大名家の留守居役が絵図を描き、酒屋の主人に頼んで料理屋に呼び出すことにしたようだ。

「無論、酒屋の主はことの真相は知らぬ」

伊庭が、最後にそう付け加えた。

軽く砂利を踏む音がして、境内の外からやって来た着流しの団平が、伊庭に耳打ちをした。

「お納戸役は、間もなく、料理屋に着くと思います」

三十三間堂を後にした又十郎は、伊庭と並んで、馬場通《ばばどおり》を永代寺の方に向かった。

伊庭が、永代寺門前町の角の小さな稲荷《いなり》に又十郎を導いた。

「あの参道の角の料理屋に入る」

伊庭が指をさしたのは、馬場通を挟んで、稲荷からはす向かいの小路だった。

永代寺の参道である。

参道の入り口の辺りに、団平が人でも待つような風情で佇《たたず》んでいるのが見えた。

その団平が、片手をさりげなく動かして、通りの西の方を指した。

すると、馬場通の一の鳥居の方から、年のころ四十ほどの侍が一人、むっつりとした面持ちでやってきた。

茶の着物に紺の袴《はかま》を穿《は》いた侍が参道へと曲がると、稲荷の方に顔を向けた団平がゆっくりと頷いた。

「今の侍だな」

伊庭が呟いた。

紺の袴の侍が、参道に入ってすぐの料理屋に足を踏み入れた。

火の入った料理屋の軒行灯には『杉廼《すぎの》や』と記されていた。

参道に居た団平が、ゆっくりと道を横切って、稲荷へとやってきた。

「顔は見ましたね？」

団平に尋ねられて、又十郎が頷いた。

「今の侍が出て来るのは、早くても一刻後になる。場所は任せるが、斬った後はすぐに立ち去ることだ。あとの始末は我らがやる」

伊庭が、噛んで含めるように耳打ちをした。

「お納戸役の名を聞きたいが」

「知らずともよい」

又十郎の申し出を、伊庭が言下に拒んだ。

「わたしは、名の知れぬ相手は斬れぬ」

又十郎が、後へは引かぬ覚悟を見せた。

たとえ罪人とは言え、首を刎《は》ねる相手がどこの何者なのかを知った上で刑を執行するというのが、刑人の斬首に携わって来た又十郎の姿勢であった。

そのことを、以前、嶋尾久作に申し述べた場に、伊庭も同席していたはずだった。

「お納戸役の名は、内藤末七《ないとうすえしち》」

伊庭が不承不承口にすると、又十郎は頷いた。

「香坂様、ここで一刻も待つのは退屈でしょうが、決して動かないで下さいまし。わたしは、料理屋の界隈をぶらついて、何か異変があれば、知らせに駆け付けなければなりませんので」

「わかった」

又十郎は、いつも慇懃《いんぎん》な物言いの団平に頷いた。

稲荷を後にした伊庭は一の鳥居の方に向かい、団平は、『杉栖や』のある参道の奥に消えた。

深川でも一番賑わうという永代寺門前一帯は、その貌《かお》を刻々と変えた。

退屈でしょうがと、団平は口にしたが、又十郎は案外気が紛《ぼんぽり》れた。

宵闇が深くなるにつれて、軒端の提灯《ちょうちん》や通りの雪洞の明かりが増した。

人の往来も増えて、下駄《げた》や雪駄、草履の音があちこちから湧き上がる。

どこからともなく三味線の音が響き始めたかと思うと、太鼓や笛の音が小路に溢《あふ》れ、遠くの料理屋の二階の障子に、芸者の踊る影が映った。

稲荷前の馬場通を行き交う人々を見ているだけでも、又十郎は飽きなかった。

帰りを急ぐ出職の者もいれば、仲間と連れ立って居酒屋に飛び込む連中もいた。

日が暮れてから町に集まる男どもの目的は、食べ物屋や居酒屋に行くか、楊弓場《ようきゅうば》などで遊ぶか、後は女目当てしかあるまい。

七場所と言われる悪所の他にも、深川には手頃な値段で遊べる、多くの岡場所があると聞いている。

門前一帯に、永代寺の時の鐘が鳴り渡った。

又十郎が稲荷に待機してから、一刻余りが経《た》った勘定だ。

「もうすぐ、男が料理屋を出ます」

足音を忍ばせて稲荷へとやって来た団平が、囁いた。

「料理屋の前に、町駕籠が呼ばれて待っています。お納戸役が乗るのかもしれませんので、近くでお確かめなすったほうがいいかもしれません」

団平が言い添えた。

「だが、駕籠に乗って帰るとなると、厄介だな」

「と、言いますと」

団平が声を潜めた。

「駕籠を止めて、無理やりお納戸役を下ろすわけにも行くまい。駕籠舁《か》きに顔を見られては、後々剣呑《あとあとけんのん》だ」

「なるほど」

「駕籠で帰るとなったら、男の始末は日を改めるしかないが」

「わたしがいま返事をするわけには参りません。この後、お納戸役がどう動くか、見極めてから決めても遅くはないと思いますが」

団平の口から、落ち着いた答えが返って来た。

「分かった」

団平の言い分を聞き入れた又十郎は、稲荷のはす向かいの参道へとゆっくり歩を進めた。

「堪忍してくださいましよ」

女の凜《りん》とした声がして、料理屋『杉廼や』の玄関から、二つの人影が参道に飛び出して来た。

先に飛び出して来た人影は内藤末七で、その手は芸者の着物の袖を摑んでいた。

思わず足を止めた又十郎は、『杉廼や』の手前の暗がりに身を潜めた。

「ちょいとお客さん」

「内藤様」

口々に大声を出しながら、女将と思《おぼ》しき年増女や店の半纏を着た男衆《おとこし》が二人、それに商家の主らしい五十年配の男が、おろおろと『杉廼や』から飛び出してきた。

「お客さん、芸者衆をお座敷から連れ出すなんてことは出来ませんので」

年配の男衆が、内藤の前に立ちはだかった。

「そんなことを、誰が決めたんだ」

足を踏ん張って立ち止まった内藤の様子は、『杉廼や』に入る前とは豹変《ひょうへん》していた。

酔っているだけではなく、顔付きはふてぶてしく、体全体から傲慢な匂いをまき散らしていた。

「そんなことはねぇ、芸者遊びをする者なら誰でも心得てるもんですよ。お放しよっ」

内藤に着物の袖を摑まれた芸者が、金切り声を張り上げた。

「上総屋《かずさや》さん、こんなお客さんは、今後一切お断りですからねっ」

女将と思しき年増が、こめかみに青筋を立てて、五十年配の男を怒鳴りつけた。

上総屋と呼ばれたのが、内藤が勤める大名家の下屋敷に出入りしている酒屋の主だろう。

「内藤様どうか」

上総屋の主が、内藤の右腕に取りついて、芸者の着物を摑んだ手を外そうとした。

「なにをするかっ」

叫ぶと同時に、着物を摑んでいた手を拳に変えて、内藤が上総屋の頰を殴った。

「もう勘弁ならねぇ」

手出しをしないで我慢していたのだろう、二人の男衆が、片袖をまくって内藤の前に進み出た。

「ここはひとつわたしに免じて」

上総屋が、内藤と男衆の間に割って入ると、

「内藤様、どうか駕籠に乗ってお屋敷へ」

あくまで下手に出た上総屋が、内藤の着物の袂にジャラリと金を落とした。

内藤が、袖を振って、金のぶつかる音を確かめると、にやりと片頰に笑みを浮かべた。

「駕籠は不要じゃ」

そう言い捨てると、内藤がふらふらと表通りへと向かった。

暗がりに佇む又十郎の目の前を通り過ぎた内藤は、馬場通へ出ると右へと折れた。

『杉栖や』の連中に腰を折って詫《わ》びる上総屋を眼の端で見た又十郎は、すぐに内藤の

後を付けた。

馬場通を西に向かった内藤は、一の鳥居の手前を右に曲がって、堀沿いに北へと足を向けた。

前を行く内藤の足は時々ふらついていたが、堀に落ちるほど危なっかしくはなかった。

堀に架かる二つ目の小橋を左に渡ると、幅の広い堀の西岸を黒江町《くろえちょう》の方に進んだ。

道筋に淀《よど》みがなく、通りなれたような足取りだった。

大名家の下屋敷が近いのかもしれない。

とすれば、帰り着く前に始末をつけなければならないが、堀の左右にはちらほらと人影があった。

居酒屋の縄のれんに顔を突っ込んでいる男もいれば、卑猥《ひわい》な笑い声を立てて暗い小路に消えていく連中もいた。

逸るような心持ちを抑えるように、又十郎が深呼吸をした。

深川黒江町の堀沿いを北へと向かっていた内藤は、広めの堀に架かる橋を東へと渡った。

五つを知らせる時の鐘が鳴ってから、すでに四半刻以上が経ったと思われる。

内藤は、橋からまっすぐに伸びる小路へと足を向けた。

足をふらつかせ、時々鼻歌を洩らしていたが、歩む方向に迷いはなかった。

小路は、ゆるく弧を描くように左へと湾曲していた。

まるで寺町のように、小路の右側にはいくつもの寺が、遠くの暗がりの奥まで連なっていた。

寺々は無論のこと、小路の左側の人家にも明かりはなく、ひっそりと静まり返っていた。

内藤の草履の音だけが響いていた。

己がしようとしていることは、辻斬りと同じなのではないか――足音を殺して後を付けていた又十郎の胸に、突然影が射した。

この夜の人斬りは、お家の存亡にかかわるものではない。

江戸屋敷留守居役が広げた大風呂敷の後始末を押し付けられたようなものだった。

国元に残した妻の行く末、実家、戸川家を継いだ兄の家族の安寧を盾に取られた又十郎としては、嶋尾の申し出に否やは言えなかった。

そんな忸怩《じくじ》たる思いが、又十郎の動きを鈍くしていた。

五

内藤末七の足取りは相変わらずふらふらとしていた。

どこで刀を抜くか――又十郎が迷っているうちに、内藤が向かう先に、堀に架かる橋が見えた。

内藤は、橋の袂の堀端に立った。

又十郎は、小路の出口に身をひそめた。

ジョボジョボと水の音がした。

堀端に立った内藤は、水面に向けて放尿に及んだ。

堀の向こう岸には左右に延びる町家があり、その向こう側には、黒々とした瓦屋根を持つ武家屋敷の建物が連なっていた。

その普請から、大名家や大身の旗本の屋敷だと思われた。

小用を済ませた内藤が、橋を渡り始めた。

向こう岸の、どこかの屋敷に戻るのかもしれない。

うかうかしていては時機を失いかねず、又十郎は急ぎ内藤を追った。

だが、後ろから斬るような真似《まね》はしたくなかった。

「しばらく」

声を掛けると、橋の真ん中で足を止めた内藤が、ゆっくりと振り返った。

「ん？」

両足を踏ん張った内藤が、首を突き出すようにして又十郎に眼を凝らした。

「懐の金を拝借したい」

「金、だと」

呟いた内藤が、ふんと、あざ笑うような声を出した。

「どこの痩せ浪人か知らんが、この俺様に金の無心《むしん》とはいい度胸だ。その度胸に免じて、命を取ることは勘弁してやるから、おとなしく尻尾《しっぽ》を巻いて去《い》ね」

言うだけ言うと、内藤は背中を向けて歩き出した。

又十郎がその後に続き、

「なにとぞ、金を」

「金は、ない」

振り向きもせず口にした内藤が、橋を渡り切った。

「門前町の料理屋の表で、着物の袂に金が投げ込まれるのを見かけたが」

「なにっ」

立ち止まった内藤が、警戒心をあらわにして又十郎を見た。

「貴様、料理屋からここまで付けて来たのかっ」

鋭く叫ぶと、内藤が刀を抜いた。

酔ったせいで足元も腰の据わりも覚束ないが、素面ならば、並み以上の剣の使い手に見えた。

「この俺に金をせびったのが、お前の不運だっ」

上段に振り上げた内藤が、ツツッと一気に又十郎に迫り、斜めから刀を振り下ろした。

咄嗟に半歩下がって難なく体を躱した又十郎が、素早く抜いた刀を峰にして、内藤の右腕に叩き入れた。

グギッと骨の砕ける音がした。

口からヒッと声が洩れたが、又十郎はかまわず、内藤の袴の上から太腿の後ろを目掛けて二の太刀を叩き込んだ。

どっと前のめりに倒れた内藤は声も出せず、苦痛に顔を歪めてのたうち回った。

命に関わる傷ではなかった。

又十郎にすれば、刀を血で汚すほどの値打ちのある相手ではなかった。

内藤末七に、二度と立ち直れないような傷を与えて、お納戸役の務めを出来なくすれば命を取ったも同じではないか。

厄介者の内藤末七をお納戸役から放逐出来れば、浜岡藩、江戸屋敷の留守居役、近藤次郎左衛門に相談を持ち掛けたさる大名家の留守居役も納得するに違いない。

よだれを垂らして地面でのたうつ内藤にちらりと眼を遣《や》って、又十郎はその場から引き返した。

橋を渡るとき、ピシャンと、小魚が水面で跳ねた。


内藤末七の腕や脚を叩いて、痛い目に遭わせた夜から、二日が経っていた。

又十郎は、今日の空模様と同じように、重苦しいものを抱えていた。

内藤末七の始末を依頼した嶋尾久作から、昨日、なんの知らせもなかった。

嶋尾が直《じか》に何かを言ってくることはないが、これまでは、蠟燭屋『東華堂』の和助か伊庭精吾が言伝を持って現れた。

夕方まで、なんら動きがないことに、又十郎は少々焦《じ》れた。

まともな勤めが出来ないくらい痛めつけたつもりだが、その後、内藤は自力で屋敷に戻ったのだろうか。あるいは、思いもしない出来事が起きて、又十郎の首尾が嶋尾に届いていないのではないか。

昨夜は、夕餉を作る気力もなく、和泉橋近くの『善き屋』で腹を満たした。

『善き屋』にはお由の姿もなく、又十郎は一人で飲み食いをしただけで、『源七店』

に引き揚げた。

今朝になっても、嶋尾からはなんの音沙汰もなかった。

四つ（十時頃）の鐘が鳴り終わった頃、又十郎は矢も盾もたまらず、『源七店』を飛び出した。

深川へ行けば、内藤を痛めつけた夜のことが分かるのではないかと、気が急《せ》いていた。

神田川沿いを東へ向かっていると、ひたひたと背後から近づく足音に気付いた。

あっという間に、足音の主が又十郎と並んだ。

「わたしに付いて来て下さい」

低い声だが、よく通る声を出したのは、伴六だった。

半歩ほど先を行く伴六は、浅草橋のところで右に曲がり、一つ目の小路を右に入った。

又十郎は、伴六に導かれるまま、半町ばかり先の稲荷社へと入って行った。

奥行きのある稲荷社は結構な広さがあった。

又十郎が社殿の近くへと進むと、肩を怒らせたようにして立つ伊庭精吾と、階《きざはし》に腰を掛けた嶋尾久作の姿が眼に入った。

二人に辞儀をして、伴六はすぐに立ち去った。

「香坂又十郎、わたしは、お納戸役の始末を頼んだ。始末とは、つまり、斬り捨てるということだったはずだが」

嶋尾の声は低く、抑揚もなかった。

しかし——喉まで出かけた言葉を、又十郎が飲み込んだ。

「言いつけたことを、勝手に破るのは、反逆とみなされるが、どうだ?」

嶋尾の声は柔らかく、赤子《あかご》に問いかけるような物言いが、かえって不気味だった。

又十郎には、返す言葉がなかった。

「我らが気付いたからよかったものの、先に近藤次郎左衛門様がお知りになったら、香坂又十郎の国元の身内を断罪せよなどと、口になされたやも知れぬ。これはなにもこけ脅しではない。お納戸役を討つと約束なされた近藤次郎左衛門様とすれば、さる大名家のお留守居役の信用を失うという、武士としては恥ずべき仕儀に立ち至るゆえな」

又十郎は思わず息を飲んだ。

「伊庭ら横目の手を、余計なことに煩わせてくれるな。なにゆえ、浪人のそなたに事の始末を頼んでいると思う。公儀の眼を、避けたいがゆえよ」

嶋尾の口ぶりは相変わらず静かだった。

「それで、内藤末七はあの夜、どのような仕儀に」

「もはや、そのことは知らずともよい」

冷ややかに言い放った嶋尾が階から立ち上がると、

「よいな香坂。今後、勝手なふるまいは一切不要ぞ」

又十郎の耳元で囁くと、伊庭を従えて稲荷社を出て行った。

今から追いかけて、嶋尾久作を斬れば、搦みついた呪縛を断ち切ることが出来るかも知れないという衝動に又十郎は揺れた。

だが、そうすれば多くの者を不幸の淵へ落とすことになる。

それよりは、江戸に居て、数馬の追討の背景に何があったのかを密かに探る方が、よほどいいのかも知れない。

しばらく佇んでいたが、又十郎はゆるりと通りへ出ると、永代橋の方へと足を向けた。


永代寺門前町は、昼間も賑わっていた。

艶めかしい夜の貌とは違って、参拝や行楽の人たちがほとんどである。

降り出すような気配はないが、空には朝から重苦しい雲が張り付いていた。

永代寺の参道が見える馬場通の稲荷前に立っていた又十郎が、一の鳥居の方向へゆっくりと足を向けた。

深川に着いたものの、内藤を呼び止めた場所がどこなのか、判然としなかった。

二日前の夜、料理屋『杉廼や』を出た内藤を付け、声を掛けるまでの道をもう一度辿《たど》ることにした。

馬場通の一の鳥居の手前を右に曲がって、堀沿いを北に向かったことははっきり覚えていた。

二つ目の小橋を左に渡った辺りで、又十郎は立ち止まった。

右手に、幅のある堀があった。

「ちと、ものを尋ねるが」

又十郎が、道具箱を肩に担いだ大工に声を掛けた。

「この堀を渡ったあたりに、寺の立ち並ぶ道があったような気がするのだが」

「ご浪人、言っておきますが、これぁ堀じゃなくて、川ですよ。十五間川《じゅうごけんがわ》と言っておりますがね」

「川か」

又十郎が、思わず呟いた。

「それと何でした。あ、寺の並んでる道ね。それぁ、この先の富岡橋《とみおかばし》を右の方に渡った先ですよ」

大工が、十五間川の北側を指さすと、

「深川寺町《ふかがわてらまち》ってぇくらいですから、道の片側はみんな寺でやす。その通りの先にも広めの堀がありますが、そっちは川じゃなくて、仙台堀《せんだいぼり》ですがね」

と、そう言い添えるとすぐ、道具箱を鳴らして立ち去った。

「かたじけない」

背中に礼を言うと、又十郎は、大工に指示された道を辿った。

富岡橋を渡ると、変形の十字路があったが、まっすぐに道を進んだ。

弧を描くように湾曲したその道に、覚えがあった。

道の右手には、陽岳寺《ようがくじ》、法乗院《ほうじょういん》、玄信寺《げんしんじ》と、寺名を示す額を掲げた寺が続き、その先にもいくつもの山門が見え、寺町と呼ぶにふさわしい佇まいだった。

寺町の道が途切れた先に、仙台堀に架かる橋が見えた。

堀端に立った又十郎が、あたりを見回した。

堀の向こう側の家並みの先に、いくつもの武家屋敷の大屋根小屋根が幾重にも連なっていた。

一昨日の夜、又十郎が眼にした場所だった。

又十郎が内藤を峰打ちで倒したのは橋を渡った対岸だった。

しかし、その一帯を行き交う物売りにも、戸を開け放して仕事に打ち込む居職の連中たちの様子にも、何の異変も見受けられなかった。

「香坂さんじゃありませんか」

思わぬところで名を呼ばれて、又十郎は慌てて眼を転じた。

堀の岸に近づいて来た猪牙船《ちょきぶね》に、棹《さお》を手にした喜平次の笑顔があった。

「こんなとこで何をしてんです」

慣れた手つきで棹を操って、喜平次が船を岸につけた。

「いや。ちょっと、あちこちの道を覚えようと思ってね。喜平次どのこそ、どうしてこっちへ」

「なにを仰います、香坂さん。あたしゃ船頭ですよ。水の道のあるところならどこにだって行くんですよ」

喜平次は、浅草に泊まった材木問屋の主を、仙台堀の先の深川扇町《おうぎちょう》に届けた帰りだと言い添えた。

「帰り船ですから、『源七店』の方にお帰りでしたら、乗せていきますぜ」

「そりゃ助かる」

又十郎は、喜平次の申し出を有難く受けた。

又十郎が乗り込むと、岸の石垣をとんと棹で突いて、喜平次が船を進めた。

「喜平次どのは、深川あたりにはよく来るのか」

「へえ。至る所に水路が通じてまして、浅草、日本橋、千住《せんじゅ》だって、目黒、品川への行き帰りだって、深川は便利なところですからねぇ」

　棹を差す喜平次が、まるで唄《うた》うように声を張り上げると、

「そうそう。香坂さん、これからはもう、喜平次どのというのはやめてもらいます。よっ、喜平次と、それで頼んます」

　そう、念を押した。

「それじゃ喜平次」

「へい」

「ちと妙なことを聞くが、この何日かの間に、仙台堀の近くでけが人が倒れていたという話はないかな」

「けが人ねぇ」

　そう言って、少し間を置いた喜平次が、

「川や堀を行き来してると、水死人を見るのは珍しくもなんともないんだがねぇ」

と、首を傾《かし》げた。

　川や海に近い汐入《しおいり》には、よく死人が流れ着くという。

　身投げもあれば、行倒れ、それに、殺された死骸が浮かんでいることもある。

「そういや、今朝、知り合いの船頭が死人の話をしてやがったな」

　大川の方からやって来た船と行違《いきちが》いながら、喜平次が首を捻った。

知り合いというのは深川の船頭で、昨日の朝、仙台堀に侍の水死人が浮かんでいたと口にしたという。

水から引き揚げられた死体の周りには物見高い野次馬がいて、目明かしや下っ引きが役人の到着を待っていた。

「そいつは、戸田《とだ》様の下屋敷の侍だよ」

野次馬の一人が声を上げたのを、岸に船を横付けしていた深川の船頭が耳にした。

戸田様というのは、下野《しもつけ》、宇都宮《うつのみや》藩の藩主、戸田因幡守《いなばのかみ》のことだった。

「知り合いの船頭から聞いた話だと、死んだのは戸田家の下屋敷のお納戸役らしいが、普段から酒癖が悪くて、近くの飲み屋からも、出入りの商人たちからも嫌われていたようだよ」

喜平次が、川風に負けないよう声を張り上げた。

戸田家のお納戸役は、昨夜、酒に酔って仙台堀に落ちて死んだ――駆け付けた役人がそう断じたと、喜平次は深川の船頭から聞いたのだという。

「嫌われたり恨まれたりしていた男が死んだというんで、昨夜はあちこちでお祭り騒ぎだったらしいぜ。屋敷への出入りを止められた門前の菓子屋の親父《おやじ》なんか、涙を流してたっていうくらいだ」

喜平次はそう付け加えた。

水に浮かんで死んでいたのは、おそらく内藤末七に違いあるまい。

伊庭ら横目が、のたうち回る内藤末七を仙台堀に投げ捨てて水死させたのだと思われた。

「香坂さん、急ぎじゃないならどうです。海へと乗り出してみませんか」

仙台堀から大川へ出たところで、喜平次が大きな声を発した。

「いいのか」

「この前、お由さんの働く『善き屋』で酒を酌み交わしたとき、海釣りが好きだと分かりましたからね」

にやりと笑った喜平次が、棹を櫓《ろ》に持ち替えると、猪牙船の舳先《へさき》を大川の河口へと向けた。

永代橋を潜ると、目の前に島が迫って来た。

人足寄場のある石川島だと、喜平次が口にした。

「左側が越中島《えっちゅうじま》で、その向こうが永代寺の門前あたりですよ」

喜平次の操る船は、石川島と越中島の間を通り抜けて深川沖へと進んだ。

その辺りは漁場らしく、周囲には、投網《とあみ》を打つ船や釣り客を乗せた船が何艘《そう》も錨《いかり》を下ろして波に揺られていた。

その様子を、又十郎は飽きることなく見回した。

まるで浜岡の海に居るような錯覚に陥った。

「もしかして、香坂さんの生国には海があるんじゃねぇかね」

喜平次の声に、又十郎が艫《とも》の方に首を回した。

「魚を釣るのも好きなんだろうが、海が好きなんだと、おれにゃそう見えるがね」

「あぁ、そうなのかも知れないな」

そう返答した又十郎が、笑みを浮かべた顔を正面に向けた。

目の前に、大きく江戸前海が開けていた。

船に揺られていると、胸にわだかまっていた諸々のことを忘れられるような気になる。

目頭が熱くなった。数馬を斬ったうしろめたい心が、少しだけ洗われたような気になった。

穏やかな波だった。

いつまでも漂っていたいような船の揺れに、又十郎は身を任せた。

付添い屋・六平太
姑獲鳥の巻　女医者
金子成人

秋月六平太は付添い屋をやめ、相良道場師範代を務めていた。ある日、材木商の飛驒屋母娘と舟遊びに出たところを破落戸にからまれ、これを撃退。だが、噂を聞いた口入れ屋に「隠れて付添い屋をしていたのか」と詰め寄られて……。

突きの鬼一

鈴木英治

―――――――本書のプロフィール―――――――

本書は、小学館文庫のために書き下ろされた作品です。